# 보스를 아십니까

## 보스를 아십니까

초판 1쇄 발행    2023년 12월 08일
초판 2쇄 발행    2024년 01월 20일

신고번호    제313-2010-376호
등록번호    105-91-58839

지은이     김만성

발행처     보민출판사
발행인     김국환
기획       김선희
편집       조예슬
디자인     김민정

ISBN      979-11-6957-100-5        03800

주소       경기도 파주시 해올로 11, 우미린더퍼스트@ 상가 2동 109호
전화       070-8615-7449
사이트     www.bominbook.com

• 가격은 뒤표지에 있으며, 파본은 구입하신 서점에서 교환해드립니다.
• 이 책은 광주광역시, 광주문화재단 의
  지역문화예술육성지원사업(신진예술인)으로 지원받아 발간되었습니다.

김만성 소설집

마침내 인간 본성을 민낯 그대로 보여주는
자본주의라는 우리 시대의 음화(陰畵)를 폭로한다!

# 보스를 아십니까

보민출판사

추천사

## 소설이 무엇인지 알고 쓰는 작가
- 김만성 첫 소설집 발간을 축하하며 -

문순태(소설가)

　김만성은 늦깎이로 등단한 작가이다. 생오지소설대학에서 십수 년간 소설공부를 해왔는데도, 매년 신춘문에 때마다 최종심에 올랐으나 운이 없었던지 거듭 낙방의 고배를 마시곤 했다. 그러다가 2022년과 2023년을 이어 당선의 영광을 안았다. 10대 후반에 꾸었던 작가의 꿈이 50대에 들어서야 이루어진 셈이다. 이제 그는 오랫동안 피나는 습작을 통해 얻어진 결과로, 소설에 대한 심각한 물음에 스스로 답변이 가능하게 된 것이다.
　소설이 무엇인지 알고 쓰는 작가는 인생을 보는 통찰력이 깊다. 김만성이 그렇다. 더욱이 그는 오랜 기간 끝내 좌절하지 않고 피나는 노력으로 작가수업을 해왔기 때문에, 그만큼 작가로서 내공이 깊다. 우선 그의 소설은 문장이 밀도가 높고 서사가 풍부한 것에 비해 주제도 뚜렷하다. 기실 서사가 다양하고 풍부한 작품에서 주제를 비중 있게 드러내기란 쉽지가 않다. 이야기에 비중을 두다 보면 주제에 소홀하기 마련이다. 그런데도 김만성의 소설은 이야기가 풍부하면서도 결코 주제를 섣불리 다루지 않는 강점을 갖고 있다. 그런 점에서 그는 철저한 이야기 중심의 리얼리스트이면서 주제 중심의 관념적인 작가이기도 하다.

등단작품인 〈골드〉나 〈보스를 아십니까〉를 비롯한 대부분 김만성의 소설 주인공은 1인칭이다. 그것은 주인공을 통해 작가 자신의 욕망과 강한 삶의 의지를 간접적으로 드러내 보이고 싶기 때문일 수 있다. 소설의 주제를 통해 자아확대를 시도하고 있는 것이 아닌가 싶기도 하다. 소설은 작가가 걸어온 삶의 궤적에 의미 있는 영혼의 색깔을 덧칠하는 것인지도 모른다. 따라서 그의 소설은 치열한 경쟁과 함께 살아가는 자본주의 질주본능 시대에, 자신의 꿈과 욕망을 실현하기 위한 과정에서, 겪을 수밖에 없는 고통과 좌절의 경험들을 압축적으로 보여주고 있다. 이것은 작가 자신이 지난하게 걸어온 삶의 빛깔들이 작품에 투영되었기 때문일 수 있다.

이제 김만성은 첫 창작집을 통해 빛나는 작가의 첫걸음을 내딛게 되었다. 진정한 시작은 이제부터다. 시작이 늦은 만큼 앞으로 그의 작가정신은 중단 없이 치열하게 불타오를 것이라고 믿는다. 무엇보다 김만성은 신뢰할 수 있는 사람이다. 그는 근면성실한 직장인이고 가장이며 소설 쓰는 자세 또한 매우 성실하고 투철하다. 소설을 대하는 태도가 엄숙하고 경건하며 삶의 문법이나 행동이 분명한 작가인 것이다. 좌절할 줄 모를 만큼 견고하게 다져진 뚝심의 작가이기에, 앞으로가 더욱 기대된다. 지금까지 그의 삶이 치열했던 것처럼 앞으로 작품을 쓰는 일에도 가혹하리만큼 뜨겁게, 작가로서의 자신을 더욱 굳건히 다져나갈 것이라 믿는다.

## 작가의 말

고등학교 졸업반 때 첫 소설을 써서 신춘문예에 투고했다. 문학청년이 된 것이다. 돌아보면 그때 나는 삶과 죽음을 바라보고 있었다. 분명한 실존의 육체가 사라지면 모든 것이 끝날 것이라는 두려움이 있었다. 대학 진학을 앞두고 어떤 계기였는지도 모르게 나는 죽음의 문제에서 벗어났다. 해답을 찾은 것은 아니었지만 그 고민이 소설을 향한 동경과 소설가에 대한 꿈으로 변했다. 딱히 책을 많이 읽지는 않았지만 국어과목을 좋아했다. 고전문학에 실린 월명사의 제망매가를 지금까지 고전체로 다 암기하고 있는 걸로 보아 나는 문학작품을 통해 세상을 읽는 법을 배운 것 같다.

국문학과와 신문방송학과 진학을 두고 고민하다가 기자가 되면 다양한 분야의 취재를 통해 통찰력 있는 소설을 쓸 수 있을 것이라는 기대로 신문방송학과를 선택했다. 전남대신문이 주최한 오월문학상에 [소떼의 반란]이 당선되어 첫 당선소감을 썼다. 첫 문장이 '너희들 이제는 다 죽었어. 나 소설 쓴다고~'였다. 다 죽일 너희들은 누구였을까. 그런 오만한 자신감은 어디서 왔다가 어디로 사라졌을까.

오십 중반에 이르러 희끗한 머리 올 올리며 광주의 무등산을 올려다보았다. 무등산이 물었다.

"그대, 등위에 잘 올랐는가?"

무등산은 등위가 없어서 무등산이다. 나는 젊은 날 어떻게든 등위에 오르려고 있는 힘을 다해 정상을 향해 걷고 뛰고 때론 기었음을 고백해야겠다.

대학졸업과 동시에 금융회사에 입사해 지금껏 생활을 좇았다. 빠르게 돌아가는 자본주의 첨병인 직장에서 소설은 가끔 생각나는 첫사랑 같은 존재였다. 그립고, 아쉬웠으나 곁에 두지 못했다. 쓰지 못했으니 당연히 가슴 뛸 일이 없었다. 직장생활 12년차에 심하게 앓았다. 말하자면 번아웃증후군에 감염되었는데 정신을 차려보니 소설을 구상하고 있었다. 그때부터 가슴이 조금씩 다시 뛰었다.

꾸준히 신춘문예와 문학상에 도전해 2012년 중소기업청과 KBS에서 주관한 근로자문화예술제 소설 부분에서 자본주의 체제의 투자군상을 다룬 소설 [서킷브레이커]로 금상을 수상, 태국여행을 다녀왔다. 이후 몇 번 신춘문예 최종심에 올라 한줄평을 얻었으나 당선되지 못하다가 2022년 전라매일 신춘문예에 소설 [골드]가, 2023년 전남매일에 소설 [보스를 아십니까]가 연이어 당선되어 등단했다.

등단하고 나서 나는 첫 당선소감을 썼던 기억을 떠올렸다. 더 이상 죽일 대상은 없었지만 잠깐 동안 나의 글이 누군가를 살리면 좋겠다는 꿈을 꿨다. 한국소설가협회와 작가회의에 가입하고, 본격적으로 소설 집필에 몰두했으나 어디서도 청탁이 없었다. 2년 연속 신춘문예에 당선한 이력이 있는데, 청탁 하나 없는 현실에 주눅 들기도 했다. 소설이 필요한 시대가 아니고, 현실이 소설 같은 시대에 소설가의 자리는 딱히 없어 보였다.

그럼에도 나는 한 문장을 떠올린다.

'작가의 손을 떠난 소설은 저만의 운명을 갖는다.'

운명에 대해서는 내가 간여할 부분이 아니다. 나는 일단 쓰고, 나를 떠난 글은 자신의 길을 가게 될 것이다.

문학을 꿈꿨던 소년이 마음에서 일어난 불씨를 꺼뜨리지 않고 기어이 소설이란 불꽃을 피운 기나긴 세월의 이야기를 창작집으로 묶어 세상으로 보낸다. 처음엔 나의 이야기로 시작했지만 시간이 흐르자 그것은 너의 이야기였고 때론 그의 이야기거나 우리의 이야기가 되기도 했다. 이제 좀 더 많은 분들과 얘기를 나눌 수 있게 되어 기쁘다. 우리는 그렇게 서로에 대해서 알아가고 더 사랑할 수 있을 거라 믿는다.

무등산의 질문에 나는 이 작품집으로 답하고자 한다. 등위에 오르지 못했지만 나는 소설을 썼다고.

- 2023년 12월 겨울 문턱에 **김만성**

차례

추천사 • 4
작가의 말 • 7

골드 • 12
서킷브레이커 • 36
보스를 아십니까 • 62
청바지 • 94
물어라 쉬 • 120
NLL • 150
화장실에서 나를 보다 • 178

해설 • 204

# 골드

●●●

 "하이고 사장님! 걱정하지 마소. 내가 한두 해 골드를 봐온 것도 아이고, 요래 저래 좀 돌려보면 마 얌전한 차로 바뀔 겁니다. 사장님이 요놈아를 얼매나 아끼는지 내사마 잘 알고 안있는교. 얼라맹키로 그리 놀랜 얼굴 좀 펴소 마."
 며칠 전부터 골드를 탈 때 쇳소리가 났다. 노인의 해소기침 뒤에 이어지는 낮은 숨소리처럼 가르릉거리는 소리가 신경을 거슬렸다. 주행 중에는 양치질을 할 때 갑자기 일어나는 헛구역처럼 쿨렁거리기까지 했다. 차가 멎는 것은 아닌가 싶어 핸들을 쥔 손에 힘이 들어가고 마른 땀까지 바싹 났다. 무슨 사단이라도 날까 싶어 점심시간에 단골 공업사에 들렀다. 노킹현상이라고 오래된 차에서 흔히 발생하는 것이고 원인을 찾으면 쉽게 해결할 수 있으니 하루 정도 차를 맡기라고 했다.

사투리가 정겨운 최 기사의 말에는 나를 안심시키려는 의도도 있지만 차에 그만 좀 집착하라는 핀잔도 들어있다. 최근 점검을 받았을 때 최 기사는 골드의 엔진이 기름을 먹는다며 엔진오일 교체주기를 평소보다 한 500킬로미터 정도 빨리 하라고 했다. 내가 고개를 갸우뚱하자 차가 오래되면 오일이 조금씩 새는데 그걸 그리 표현한다고 설명했다. 그때도 차가 노후화되면 당연히 발생하는 현상이라며 대수롭지 않게 말했다. 나는 18년 동안 29만 킬로미터를 달린 골드의 엔진이 기름을 먹는다는 말에 가슴에서 쏴아 흐르는 물줄기 소리를 들었다. 때가 된 것만 같아 대수롭지 않게 말하는 최 기사의 이야기가 귀에 들어오지 않고 걱정이 앞섰다.
　해결할 수 없는 문제가 닥치면 늘 그랬듯이 흉통과 복통이 동시에 일어났다. 나는 오른손으로 왼쪽 가슴을 누르고 왼손으로는 배를 쓰다듬었다. 가슴과 배에서 평상시보다 빠른 박동이 느껴졌다. 좋지 않은 조짐 같아 마음이 편치 않았다.
　나는 할 수 없이 골드를 공업사에 맡기고 택시를 탔다. 통증은 진정이 좀 됐지만 이번엔 뒷목에서 생긴 두통이 앞머리까지 욱죄고 들었다. 나는 머리를 시트에 기대고 최대한 편한 자세를 취했다. 눈을 감고 심호흡을 했다. 갓 출고한 새 차인지 진한 가죽 냄새가 풍겼다. 골드를 처음 만났던 날의 냄새와 비슷했다.
　기억이 가물가물하지만 2002년 새해가 열리자 나는 원룸 출입문에 유명화가의 모조화가 실린 달력을 걸었다. 달력 첫 장에 크게 써진 2002라는 숫자가 눈에 들어왔다. 앞뒤로 2가 둘러싸고 가운데 0이 나란히 사이좋게 배치된 모양이 안정감을 주었다. 숫자 밑에는 임오년 흑말띠라는 글자와 함께 뒷발을 버티고 앞발을 하늘을 향해 치켜든 검은 말이 그려져 있었다. 입은 쩍 벌린 채로 이빨이 드러났다. 히히히힝 울부짖는 말 울음소리가 들릴 것만 같았다. 다리는 울퉁불퉁 근육이 돋아있고 금방이라도 하늘을 향해서 날아오를 태세였다.

2001년 말 정기인사에서 나는 대리 승진자 명단에 내 이름이 있는 것을 보고 당황했다. 기대하지 않는 일이 일어난 때문이었다. 당시만 해도 S그룹 계열사의 대리 승진은 호락호락한 과정이 아니었다. 직전 3년 동안 A고과 한 번 없이 B+와 B를 오간 평범한 고과를 받았던 나로서는 대리 승진을 미리 포기하고 있었다. 하위고과인 C가 하나도 없다는 것이 그나마 위안이긴 했다. 하지만 C가 전체 평가대상 중에서 하위 5%에게 주어지는 고과라는 것을 알고 나면 C가 없다는 것이 그리 특별한 것도 아니었다. 그때 나는 95% 안에 들면 눈 밖에 날 일은 그나마 없겠구나 하고 생각했다. 그것은 경쟁이 치열한 S그룹의 업무강도에도 불구하고 나를 무척이나 안심시켰다. 앞서기는 어려워도 하위 5%로 떨어지지 않으면 괜찮겠구나 싶었던 것이다. 그것이 잘한 생각인지, 아니면 불행을 예고한 것인지 지금까지도 혼란스럽다.

어쨌든 나는 첫 승진 연한에서 덜컥 대리 승진을 한 것이 어쩐지 불편했다. 같이 입사한 동기들이 전부 대리 승진을 한 것은 아닌가 하고 명단을 유심히 살펴봤다. 모두 승진한 것은 아니었다. 그럼 그들은 하위 5%에 들었거나 나보다 더 낮은 고과를 받았던 것일까. B+와 B만 있는 나보다 낮은 고과를 받은 동기들이 있다는 사실 앞에서 나는 안도감보다는 불안감을 느꼈다. 혹시 뭔가 잘못되지나 않았을까 하는 마음이었다. 금방이라도 메일함에 대리 승진자 명단에 착오가 있었다는 공지가 뜨거나 사내번호로 전화가 걸려올 것만 같았다. 그러나 시간이 흘러도 그런 공지는 뜨지 않았고 전화 또한 걸려오지 않았다. 어리벙벙한 상태로 2001년의 12월을 보내고 2002년 1월 1일자로 나는 대리 직급을 달았다.

하는 일이 바로 달라진 것은 아니었지만 3월 업무개편에서는 다른 부서로 전출되어 좀 더 책임 있는 일이 주어진다고 했다. 책임이라는 말에 마음이 두근거렸지만 그저 하위 5%로 밀리지만 말자고 생각했다. 그러자 마음이 조금은 안정되었다. 2002라는 달력의 숫자가 주는 안정감일 수도 있었다. 당시에 나는 토정비결이나 재미로 보는 운세 따위를 즐겨 보았다. 재미로 본다고 했지만 하루하루 신문에 나오는 운세를 볼 때마다 2002년의 운세가 매번 좋게 나오는 것이 신기했다. 귀인이 돕고, 어느 방향으로 가도 해로울 것이 없는 운세였다.

대리 승진은 내게 두 가지 변화를 가져왔다. 하나는 급여가 15%나 오른 것이고, 또 하나는 나보다 먼저 입사한 업무직 여사원들의 특별한 시선을 받게 된 것이다. S그룹의 대졸 초임 급여는 많은 이들이 부러워할 만큼 상위 클래스였고, 거기에 15%가 올랐으니 나는 갑자기 부자가 된 것 같았다. 여윳돈이 생기니 그것으로 무엇을 해야 할지 행복한 고민에 빠졌다.

다음으론 여러 여직원이 내게 관심을 가진다는 얘기가 들렸다. 학창시절에도 입사 후에도 연애다운 연애 경험이 없던 나로서는 당혹스런 일이었다. 언변이 좋은 것도 아니고, 인물이 잘난 것도 아니고, 스스로 별 매력이 없다고 생각한 나로서는 그런 관심이 부담스러웠다. 그저 소문 정도로 여겼으나 복도에서, 사무실에서 그리고 회식자리에서 분명 달라진 여사원들의 눈빛을 받았다. 뭐랄까. 내 셔츠 위로 쏟아지는 시선이 셔츠를 뚫고 들어와 맨살에 닿는 느낌이었다. 그럴 때면 나는 손으로 팔이나 목덜미를 쓰다듬었다. 단순히 대리로 승진했다는 사실이 이런 변화를 가져왔나 몇 번 의구심을 가지기는 했다.

그리고 2002년 3월에 마이카족이 되었다. 2002년은 전국이 축구 열기로 뜨거웠다. 한일월드컵 개최가 결정되고 주요 도시마다 웅장한 최신형 축구경기장이 들어섰다. 내가 근무하는 J시에도 우주선 모양의 타원형 경기장이 완성되었다. 오 대 영이라는 비난을 받기는 했지만 인맥축구 논란을 잠재운 네델란드 출신의 히딩크가 축구 국가대표 감독으로 선임되었다. 외국인 감독 선임은 개최국 자격으로 본선에 자동 출전하는 대표팀에 대한 기대를 한껏 높였다. 대그

룹을 중심으로 축구동호회가 창설되었고, 축구 열기를 북돋운다는 차원에서 계열사별 대항전 경기도 자주 열렸다.

 세상이 월드컵 열기로 달아올랐을 때 S그룹도 과감한 도전을 시도했다. 자동차회사를 새로 만들었다. 비록 일본에서 핵심기술을 전수받고 외장부품만 국내에서 생산해 조립했지만 S자동차의 이름을 달고 첫 모델이 출시되었다. S그룹 계열사의 대리급 이상 직원들에겐 출시기념으로 30% 할인이란 파격적 혜택을 주었다. 총무과에서는 직원들의 명단을 작성하고 구매를 종용했다. 차를 사야겠다는 생각은 딱히 없었다. 필요성도 그리 느끼지 않았다. 다만 오른 급여가 제법 쌓였고, 무엇보다 첫 출시한 모델의 디자인이 맘에 들었다. 딱히 뭐라고 표현할 수는 없지만 신차는 날렵하면서도 중후한 멋이 느껴졌다.

 그리고 강렬한 골드 색상! 화이트나 블랙, 기껏해야 실버톤이 전부였던 국산차에 비해 아우라를 발산하는 눈부신 황금빛 광택은 한순간에 나를 사로잡았다. 내 안에서 뭔가가 꿈틀거렸다. 1등의 색깔, 귀족의 색깔, 부와 명예의 상징인 줄만 알았던 골드색이 나의 내면으로 파고들었다. 폭발이 일어났다. 잔뜩 응축되었던 것이 무한정 퍼져나갔다. 퍼져나간 황금빛은 주위를 환하게 밝혔고 다른 색이 더 빛나도록 후광이 되었다. 골드빛이 그렇게 나를 유혹했다.

 질주하는 S자동차의 황금빛 세단이 TV광고에 자주 나왔다. 나는 광고를 볼 때마다 내 육체에서 영혼이 이탈하여 TV광고 속의 번쩍거리는 세단의 운전대를 잡고 있는 환상에 빠졌다. 내가 운전하는 차는 눈부신 광채를 발산하며 빠른 속도로 질주해 태양 속으로 사라졌다. 나는 무수한 빛 속으로 완벽하게 숨어들어 빛과 하나가 되었다. 그런 것이 광고의 힘이라면 나는 포로가 된 셈이었다. 나는 유혹을 이기지 못하고 구매를 결정했다. 2002년 월드컵이 시작된 7월에 내 인생의 첫 차인 골드, 그러니까 황금빛을 발하는 세단을 인도받았다.

골드와의 첫 만남은 그리 유쾌하지 못했다. 나는 장롱면허증 소유자였다. 자동차 판매사원이 도로연수를 시켜주겠다고 호언장담을 해서 안심하고 있었다. 그러나 조언자인 판매사원을 옆에 태우고 엑셀러레이트를 밟은 순간 차는 굉음을 지르고 앞으로 튀어나갔다. 머릿속이 시커멓게 변했다. 운전대를 놓쳐버렸다. 차가 인도로 돌진하면서 은행나무 가로수를 들이받았다. 우지끈 소리가 나면서 차는 멈췄다. 곁에 있던 영업사원이 재빨리 한 손으로 핸들을 붙잡고 다른 손으로 브레이크를 밀어 작동시키지 않았더라면 지나던 행인을 치었을지도 몰랐다. 차가 멈추었지만 심하게 뛰는 심장은 쉽게 멎지 않았다. 119 앰뷸런스가 요란하게 달려오고 나는 들것에 실려서 병원으로 이송되었다. 긴장이 풀어졌는지 스르르 눈이 감겼다.

눈을 떠보니 병원 침대였다. 팔, 다리, 머리는 모두 멀쩡했다. 통증도 없었다. 영업사원이 근심어린 얼굴로 나를 내려보고 있었다.

나는 영업사원에게 물었다.

"차는 어떻게 되었어요?"

그때 왜 차의 안부를 물었는지 지금도 이해할 수 없다. 영업사원의 안부를 먼저 묻는 것이 도리에 맞는 것이 아니었을까.

"차는 공장으로 들어갔습니다. 제가 일단 안전한 곳으로 인도하고, 차분히 연수를 시켜드려야 했는데 죄송합니다."

영업사원이 말끝을 흐리며 머리를 긁적였다. 사실 그가 죄송할 것은 없었다. 그가 탁송된 차를 내가 살고 있는 집의 도로변에 정차하고 키를 건네자마자 운전석에 바로 앉은 것은 나였기 때문이다. 지금도 그 순간을 잊을 수 없다. 내가 장롱면허증 소유자이고, 면허를 취득할 때 말고는 한 번도 운전을 해보지 않았다는 사실을 망각했다. 나는 시동을 걸고 엑셀러레이트를 밟으면 차가 드라마나 영화에서처럼 스르르 미끄러지며 앞으로 나아갈 줄 알았다. 눈앞에서 번쩍거리는 황금빛 세단이 밑도 끝도 없는 자신감을 불러일으켰다. 앞을 주시한 채 서서히 엑셀을 밟으라는 영업사원의 말이 들린 것도 같았다.

어쩌면 사고는 2002년이 주는 근거 없는 자신감에서 비롯된 것이기도 했다. 대리로 덜컥 승진을 했고, 예사롭지 않은 여사원들의 눈빛을 받다가 소위 사내에서 퀸카로 소문난 8년차 가영 대리와 연애를 시작했고, 축구 국가대표팀은 예선을 통과하고 16강을 넘어 8강을 기다리고 있는 시점이었다. 무엇이든 할 수 있을 것 같았고,

시도하면 모든 것이 이뤄질 것 같았다.

2002년의 사건 중에서 가장 놀라운 것이 가영 대리와의 만남이었다. 가영 대리는 나보다 입사가 한참 빠른 8년차 고참이었다. 하지만 고교를 졸업하고 입사했기에 나와 동갑내기였다. 그녀는 대리 승진자 명단이 발표된 후 먼저 내 앞으로 와서 머뭇거리지 않고 말했다.

"조 대리님 승진 축하해요. 승진기념으로 여친 어때요. 저 괜찮죠?"

그때 나는 바로 대답을 하지 못했다. 그녀를 쳐다볼 수 없었다. 고개를 수그리고 바짓단 끝의 구두코를 보다가 고개를 들었더니 그녀가 나를 바라보며 웃고 있었다.

"저, 저에게 데이트 신청하는 거 맞아요?"

나는 그렇게 말을 더듬으며 물었다. 그녀는 망설임 없이 고개를 까닥하고는 바로 다가와 팔짱을 꼈다. 그녀의 가슴이 물큰 팔뚝에 느껴졌다. 내 가슴에서 쿨렁 소리가 났다.

사고 후 골드는 1주일이 지나 멀쩡한 모습으로 다시 내 앞에 나타났다. 나는 손바닥으로 골드의 차체를 쓸면서 한 바퀴를 돌았다. 매끄러운 감촉에 따스한 기운이 손바닥에 전해졌다. 광택은 어디 하나 흠난 것 없이 완벽하게 복원되어 제 빛을 퉁겨냈다. 원형의 엠블럼은 황금빛 보닛 위에서 도도하게 은색으로 빛났다. 광폭타이어는 날렵한 휠을 감싼 채 아스팔트를 탄탄하게 딛고 있었다. 모든 것이 완벽했다. 좋은 직장에서 제때 승진하고 갓 출고된 신차에 멋진 애인까지.

　가영 대리는 한일월드컵에서 우리나라가 4강 진출에 성공한 날 저녁, 골드 안에서 내 입술을 훔쳤다. 나는 가영 대리를 태우고 빵 빠 방 빵, 빠방 빠 빵빵! 리드미컬하게 경적을 울리며 거리로 나왔다. 태극기로 배꼽티를 만들어 입은 가영 대리가 정지신호가 걸린 틈을 타 운전석의 시트를 뒤로 젖혔다. 천천히 눈을 감고 할 새도 없이 가영 대리의 촉촉한 입술이 내 입술을 덮쳤다. 골드 안에 별이 쏟아졌다. 나는 가영 대리의 가는 허리를 끌어당겼다. 어디선가 클락션이 울렸다. 빵 빠 방 빵! 그 키스 후 정확히 세 달이 지나 나는 가영 대리에게 이별을 통보받았다. 아니 어쩌면 내가 이별을 통보한 것일지도 모른다.

　대리로 승진한 내게 주어진 업무는 구매담당이었다. S카드 지역본부의 사무용품은 물론 마케팅에 필요한 판촉물을 구매해 각 지점에 배분하는 일이었다. 내가 그 자리로 배치를 받자 가영 대리는 축하한다고 박수를 쳤다. 실권이 주어지는 자리이고, 승진도 빠를 거라며 나보다 더 환호했다. 경리업무를 담당하던 가영 대리는 자기가 많이 도와줄 테니 업무는 걱정하지 말라고 했다. 구매담당으로 배치받은 후 첫 주말에 가영 대리는 거제도의 펜션을 예약했다며 1박 2일 여행을 제안했다. 골드를 타고 거제도까지 달리는 동안 가영 대리는 내 손을 먼저 잡고 한 번도 놓지 않았다. 나는 구름 위를 걷는 기분으로 주말을 보냈다. 그날 가영 대리를 안았다.

구매담당으로 부임하자 여러 업체의 납품담당자들이 다투어 식사를 하자고 요청했다.

"대리님, 믿을 만한 사람 명의로 통장을 하나 만드세요."

"위에 보고할 때는 저희가 별도로 현금을 준비하겠습니다."

"술은 좀 드셔야 할 거예요."

업무상 필요한 미팅이라 해서 나간 식사자리에서 그들이 내게 은근하게 말했다. 나는 그것이 무엇을 의미하는 것인지 처음엔 이해하지 못했다. 가영 대리에게 물어보고 나서 내가 어떤 자리에 있는지 정확히 알게 되었다. 가영 대리는 걱정하지 말라고 했다. 자기가 미리 차명통장도 만들었고, 현금은 누구누구에게 주면 된다고 말했다. 그렇게 어려운 일도 아니고, 다른 곳으로 발령 날 때쯤이면 단단히 한 몫 잡게 될 거라며 윙크를 날렸다.

1주일간을 고민한 끝에 나는 회사 감사실로 보낼 구매업체들의 로비상황 보고서를 작성했다. 그리고 가영 대리를 만났다.

"가영 씨는 내게 가장 황홀한 3개월을 선물해주었어요. 남자로서 행복했고, 내가 능력 있는 사람 같아 자신감을 가졌고, 미래를 꿈꿀 수 있어서 기뻤어요."

"어머! 자기 너무 진지하게 나오는 거 아니야? 그렇게 말하면 내가 좀 민망하잖아. 난 결혼은 아직 생각 없는데."

가영 대리는 내가 청혼하는 줄 알고 웃으면서 말했다. 나는 가영 대리에게 내가 작성한 보고서를 내밀었다. 가영 대리가 미소를 머금은 채 웬 편지냐며 봉투를 열어 보고서를 보았다. 가영 대리의 얼굴에서 미소가 사라지고 표정이 구겨지는 것을 나는 찬찬히 바라보았다. 가영 대리가 나를 쳐다봤다.

"자기 바보야? 얼마든지 즐기며 살 수 있는데 이런 짓을 왜 해? 내가 맘에 안 들어?"

"그 보고서에 가영 씨 이름은 들어있지 않습니다. 고민했던 것은 과연 가영 씨가 얼마나 개입되어 있는가입니다. 나는 가영 씨가 다치는 거 원치 않습니다. 가영 씨를 좋아합니다."

"좋아한다면서 이런 짓을 해? 자기한테도 좋고, 모두가 좋은 일이야. 남들은 이 일을 하지 못해서 안달인데. 내가 사람 잘못 본 거야. 내가 준우 씨 찍었고, 추천했단 말이야. 왜 그렇게 사람이 꽉 막혔어. 우리 좋았고, 즐거웠잖아. 계속 갈 수 있고, 준우 씨 승진도 빠를 거야. 뭐가 문제야."

가영 대리의 목소리엔 짜증이 묻어났다. 상기된 얼굴로 나를 쳐다봤다. 앞서기는 어려워도 하위권으로 밀려나지 않을 자신은 있을 거라는 기대감이 조금씩 사라졌다. 내가 받아들이기에는 너무나 큰 문제가 바로 앞에 산처럼 버티고 있었다. 나는 가영 대리의 손을 잡고 드라이브를 하자며 밖으로 나왔다. 골드의 조수석에 가영 대리를 태우고 운전대를 잡았다.

가영 대리도 골드를 좋아했다. 실내가 넓으니 편하고 골드색 가죽시트는 포근하다며 차에 타면 조수석을 뒤로 눕혀 눕곤 했다. 이런 차를 만드는 그룹의 일원이어서 자랑스럽다고도 했다. 그러나 손을 잡혀 골드에 탄 가영 대리는 이번에는 시트를 눕히지 않았다. 어디로 가는지 묻지도 않고 미간에 깊은 골을 만든 채로 팔짱을 낀 채 말없이 앉아있었다. 나 역시 입을 다물고 앞을 주시한 채 도시의 외곽도로로 빠졌다. 어디로 가야겠다는 생각은 없었지만 신호에 방해받지 않고 빠른 속도로 달리고 싶었다. 가영 대리가 휴대폰을 열어 어딘가로 메시지를 보내는 것 같았다. 고속도로 톨게이트가 얼마 남지 않았는데 나의 휴대폰이 울렸다. 창에 뜬 발신자 이름에 구매팀장의 이름이 떴다. 나는 전화를 받지 않았다. 가영 대리가 나를 쳐다봤다. 왜 전화를 받지 않느냐고 항의하는 듯 따가운 눈빛이 느껴졌다. 잠시 후 꺼졌던 휴대폰이 다시 울렸다. 이번에는 경리팀장이었다. 나는 휴대폰을 길게 눌러 전원을 꺼버렸다. 그리고 고속도로에 진입하기 전에 불법 유턴을 했다. 골드가 휘청했지만 이내 균형을 되찾았다. 나는 갓길에 골드를 정차했다.

"가영 씨 내리세요."

가영 대리가 거칠게 차에서 내리고 쾅하고 문을 닫았다. 나는 백미러를 통해 그녀를 봤다. 가영 대리는 내리자마자 휴대폰을 귀에 대고 누군가와 통화를 시작했다. 나는 골드의 엑셀을 밟았다. 가영 대리가 멀어졌다.

한동안 회사가 온통 가영 대리의 스캔들로 떠들썩했다. 구매팀장과 경리팀장을 비롯하여 전, 현직 부장급 팀장과 경영지원 임원 두 사람이 사표를 냈다. 나의 전임 구매담당 선배 두 사람도 사표를 썼다. 회사는 가영 대리를 횡령혐의로 고발했고 혐의가 인정되어 구속 수감되었다. 그녀가 횡령한 자금은 이십억이 넘었다. 경리팀에만 근무한 8년 동안의 누적금액이라고 했다. 나 역시 조사를 받았다. 그녀와 어떤 관계인지, 골드의 구매자금은 어디서 났는지 추궁당했다. 그녀에게서 선물 받은 것이 있는지도 물었다. 그녀는 골드가 사고 후 수리가 끝나고 인도되던 날, 미리 준비한 골드색 십자가 펜던트를 룸미러에 걸었다. 너무 어울린다고 박수를 쳤다. 나는 아무것도 받은 것이 없다고 말했다. 나는 경위서를 한 장 쓰는 것으로 조사를 마무리했고, 구매팀에서 교육팀으로 보직이 변경되었다.

나는 가영 대리가 수감되어 있던 교도소에 면회를 한 번 신청했다. 가영 대리는 나의 면회를 받아주지 않았다. 그녀는 3년을 교도소에 수감되었다가 나왔다. 그녀가 출소하던 날 나는 골드 안에서 그녀를 바라보았다. 출소하는 그녀의 모습은 크게 변하지 않았다. 깔끔한 투피스 정장을 차려입었고, 화장을 한 화사한 얼굴이었다. 누가 보더라도 교도소에서 출소하는 모습처럼 보이지 않았다. 그녀 앞으로 검은색 정장차림의 젊은이가 다가가 꾸벅 인사를 했고 손짓으로 안내를 했다. 대기하던 검은색 외제차의 뒷문이 열리고 그녀는 그 안으로 사라졌다. 뒷문이 열리는 순간 그녀의 얼굴에 환한 미소가 번졌다. 그녀는 반가운 사람을 만나 포옹이라도 하듯이 차 안으로 재빨리 들어갔다.

　가영 대리 사건 후로 나는 과장 진급이 5년 늦었고, 차장 진급에선 계속해서 밀렸다. 어느 순간부터는 대상자에도 오르지 않았다. 보직은 주어졌으나 의욕을 가지고 진행한 일들이 번번이 상급자 선에서 제지당했다. C고과는 없으나 A고과도 B+고과도 없는 B의 연속이었다. 한 번 인사담당 임원에게 면담을 신청했다. 임원은 성실하나 특별한 공헌이 없는 것이 승진누락의 원인이라고 했다. 앞서 가기는 힘들어도 뒤처지지는 않을 것 같았던 회사생활이 어그러졌다. 나는 뒤처졌고, 뒤처질 때마다 많은 시간을 골드와 함께 보냈다. 차 안의 골드색 십자가 펜던트가 흔들릴 때마다 그것을 떼어내 버려야 할지, 그냥 두어야 할지 혼란스러웠다.
　골드는 손이 많이 가는 차였다. 황금색 외장은 잔 흠집이 자주 났다. 화이트나 블랙차량에 비해 먼지가 조금이라도 내려앉으면 바로 광택을 잃었다. 매주 차량용 세제로 거품을 많이 낸 다음 부드러운 스펀지를 이용해 차체를 닦았다. 물기를 제거하고 극세사 타올에 고광택 왁스를 묻혀 세심하게 문질렀다. 휠과 타이어도 세정제로 깨끗하게 세척했다. 엔진오일은 4,000킬로미터마다 꼬박꼬박 교체했다. 6개월 단위로 병원에서 진찰을 받듯 오토센터에서 점검을 받았다. 시간이 날 때마다 차 안의 대시보드와 글로브 박스, 센터콘솔, 가죽시트까지 레자왁스로 구석구석 닦았다. 그러자 시간이 지나도 골드는 안과 밖 모두 광택을 잃지 않았다. 엔진소리도 고르고 조용했다.

골드는 빛이 나는 동안은 거리의 왕자였다. 멀리서도 눈에 띄었다. 태양빛이 강할수록 골드의 아우라는 돋보였다. 제 색을 튕겨내다가도 다른 색의 차가 지날 때는 후광이 되었다. 후배들이 너도나도 한 번쯤은 골드를 타보고 싶어 했다. 관리의 비법을 묻기도 했다. 그 뒷면에선 수군거렸다.

"차 이름이 골드라지? 정말 대단한 차야! 대단한 과장님이고, 근데 만년과장이라니."

쇳소리가 나던 골드를 공업사에서 되찾았다. 시동을 걸자 더 이상 쇳소리는 들리지 않았다. 시트를 뒤로 누이고 풋레스트에 왼발과 오른발을 꼬아 가볍게 올려놓은 채 한동안 눈을 감고 누워 있었다. 라디오를 클래식 채널에 맞추고 호흡을 가다듬었다. 두통은 가라앉았고, 심장도 고르게 뛰었다. 눈을 뜨니 미세하게 흔들리는 십자가 펜던트가 보였다. 골드빛이 바래있었다. 나는 조용히 읊조렸다.

"골드야! 괜찮아?"

골드는 대답하지 않았다. 고른 엔진소리만이 낮게 들렸다. 쿨링거림도 사라지고, 엔진소리에 겹쳐 베토벤의 피아노 소나타 14번이 울려 퍼졌다. 골드와 함께 이만하면 괜찮지 않은가 나에게 물었다.

그런 것도 같고 그렇지 않은 것도 같았다. 라디오의 곡이 끝나자 시트를 세우고 출발했다. 골드색 십자가 펜던트가 거칠게 달랑거렸다. 세척을 한 번 해야겠다고 생각했다. 점심시간이 끝나가고 있었다. 엑셀을 세게 밟았다.

신호가 없는 사거리에서 주위를 살피며 속도를 늦추는데 차량 한 대가 조수석을 향해 돌진해왔다. 급하게 경적을 울렸지만 차는 멈추지 않았다. 쾅 소리와 함께 몸이 등받이에서 떨어졌다가 제자리로 돌아오며 고개가 휘청 뒤로 꺾였다. 안전벨트를 안 했다면 머리가 앞 유리창에 부딪힐 뻔했다.

순간적으로 상황판단이 되지 않았다. 나는 신호등이 없는 사거리에서 좌회전을 위해 깜박이를 넣은 채로 좌우를 살피며 속도를 늦췄다. 뒤도 아니고 앞에서 조수석을 향해 돌진한 상대차량은 사거리 우측에서 좌회전을 한 셈이었다. 길게 돌아 황색실선을 넘어 주행해야 마땅한 상황이었다. 그런데 멈춰서 있는 내 차를 향해 돌진하다니 이해가 되지 않았다.

앞을 주시하지 않았거나 운전이 미숙한 경우가 아니라면 벌어질 수 없는 충돌이었다. 나는 몸에 이상이 없는지 여기저기 움직여보았다. 통증은 느껴지지 않았다. 나는 천천히 안전벨트를 풀고 밖으로 나왔다. 앳된 얼굴의 청년이 황급히 차문을 열고 나와 연신 고개를 조아렸다. 그때서야 허리가 욱신거리고 고개에 뻐근한 통증이 느껴졌다.

다음날 가해차량의 보험사에서 연락이 왔다. 내 차량가액이 248만 원인데 수리비 견적이 550만 원이 나왔다고 했다. 나는 잘 고쳐달라고 말했다. 수화기 너머에서 잠깐 뜸을 들이더니 차를 수리하려면 내가 300만 원 정도를 자가부담해야 한다고 했다. 나는 그 말이 바로 이해되지 않았다. 어제 사고수습 시에 골드를 향해 돌진한 청년이 자기가 내비게이션을 보며 운전하다가 중앙선을 넘어 사고를 냈다고 말했다. 긴급출동한 상대편 보험사에서 청년의 과실이 90% 이상이라고 분명히 말해주었다. 100%라고 말하지 않는 것이 찜찜했으나 몸이 아프면 병원에 꼭 가보라는 이야기까지 들으며 나는 고개를 끄덕였다. 생각 같아서는 병원 침대에서 한 1년 정도 아무 것도 하지 않은 채 누워 있고 싶었다. 허리나 머리, 아니면 갈비뼈라도 서너 대 부러졌으면 하는 마음까지 들었다.

골드의 조수석 앞 상향등이 깨지고 오른쪽 바퀴가 안으로 밀려 차축이 휘었다고 했다. 범퍼와 오른쪽 문도 심하게 찌그러져 전부 교체해야 한다는 말도 덧붙였다. 그 비용이 전부 550만 원이 드는데, 내 차의 차량가액이 248만 원밖에 되지 않아 가액을 초과하는 비용은 자가부담해야 한다고 보험사 직원은 약관의 조항을 들먹이며 설명했다. 나는 어쨌든 사고를 낸 쪽은 그쪽이니 무조건 차를 완벽하게 고쳐달라고 말하고 전화를 끊었다. 몇 번 더 보험사에서 전화가 걸려왔으나 나는 전화를 받지 않았다.

보험사에서 내가 전화를 받지 않자 문자를 보냈다. 차를 찾아가지 않으면 폐차를 하고, 차량가액인 248만 원을 통장에 넣을 테니 계좌번호를 알려달라는 내용이었다. 나는 보험사에 전화를 걸었다.

"피해차주입니다. 내 차는 비록 18년 된 차지만 바로 어제까지 멀쩡하게 아무 문제없이 잘 운행되던 차입니다. 내가 가해자도 아닌 피해자입니다. 사고가 나기 전의 상태로 되돌려만 주면 됩니다. 나는 아무런 잘못도 없습니다. 젊은 친구가 내비게이션을 보다가 사고를 냈다고 증언했지 않습니까? 내 차와 나를 더 이상 괴롭히지 말아주세요. 그냥 사고가 나기 전의 상태로 되돌려만 주면 됩니다. 내가 피해자인데 그게 그렇게나 무리한 요구입니까? 왜 내게 돈을 내라 마라 하는 겁니까? 그리고 무엇보다 골드, 아니 내 차의 가격이 248만 원이라니요. 그 가치는 도대체 누가 정하는 겁니까? 나의 추억, 나의 소망, 나와 골드의 대화, 골드의 심장소리 그 모든 것들에 누가 값을 그 따위로 매긴 겁니까? 다시 말하지만 골드를 사고 나기 전의 상태로 그대로 복원해서 내 앞에 갖다 놓으세요. 그렇지 않으면 내가 뭔 짓을 할지 모릅니다. 내가, 내 차 골드가 피해자란 말입니다."

상대방이 말할 틈을 주지 않고 나는 나오는 대로 말을 쏟아냈다. 수화기 저 편에서 아무 말이 없었다.

인사과에서 면담요청이 들어왔다. 장기 승진누락자를 대상으로 희망퇴직을 받는다는 소문이 돌고 있었다. 대강 어떤 내용일지 짐작이 갔다. 나는 바쁜 일처리가 있다며 면담을 받아들이지 않았다. 오후 반차를 내고 나는 골드가 견인된 자동차공업사로 향했다.

어제 내가 가입한 보험사의 전화를 받았다. 교통사고가 접수되었는데, 상대보험사에서 9 대 1로 사고처리를 하겠다고 통보가 왔는데 그렇게 해도 되겠느냐는 것이었다. 나는 상황을 설명하고, 상대방이 100% 과실이 아니냐고 물었다. 내 보험사 직원은 난처한 듯 잠시 머뭇거렸다. 사고 당시에 왜 전화를 하지 않았느냐고 물었다. 나는 사고 당시를 떠올렸다.

젊은이가 맞은편에서 뛰어나와 머리를 곧바로 조아렸다. 연신 미안하다며, 자기가 미처 앞을 보지 못했다고 말했다. 다친 데는 없느냐며 자기가 모두 책임지겠노라고 했다. 젊은이의 차는 보기에도 출고된 지 얼마 되지 않은 새 차였다. 동그라미 네 개가 균등하게 잇대어진 엠블럼이 빛을 받아 반짝거렸다. 골드도 나름대로 제 색을 튕겨내고 있었지만 범퍼가 형편없이 찌그러져 상대적으로 초라해 보였다. 곧이어 젊은이가 가입했다는 보험사 직원이 나타나더니 상황을 정리했다. 자기 측 운전자가 가해차량이니 보험을 통해 모든 것을 복원해주겠노라고 했다. 병원에 입원하라는 말까지 덧붙이고 나서 내 차의 연식을 물었다. 나는 18년이 되었노라고 말했다. 그때 젊은 운전자도 보험사 직원도 얼핏 웃는 것 같았다. 넋 나간 사람처럼 기운이 빠져 있는 나를 바라보며 아는 공업사가 없으면 자기네와 협약을 맺은 1급 정비공업사로 차를 견인해도 되겠느냐고 물었다. 나는 골드에게서 십자가 펜던트를 꺼내 양복 안쪽 호주머니에 넣었다. 이 차는 내게는 아주 오래되고 소중한 차니 잘 고쳐달라고 말했다.

나는 사고 당시의 상황을 보험사 직원에게 말했다. 전화를 걸만한 상황이 아니었고 그럴 필요도 느끼지 못했노라고 했다. 직원이 길게 한숨을 쉬었다.

"고객님! 상대편 차가 갓 출고한 새 외제차량입니다. 교통사고는 아무리 해도 100% 과실이 잘 나오지 않습니다. 9 대 1이라 해도 그 차 수리비용이 1,000만 원 이상이 나왔답니다. 고객님 차는 연식이 오래되어 차량가액이 낮습니다. 오래된 차라 부품 구하기도 쉽지 않고, 제대로 고치려면 고객님 차량가액보다 훨씬 더 많은 비용이 나옵니다. 보험사에서는 차량가액만큼만 보상하게 되어 있습니다. 일단 고객님 차를 가서 보시고 폐차를 하시든지, 아니면 중고부품으로라도 저렴하게 고쳐달라고 해야 할 것 같습니다. 제가 먼저 가서 봤는데, 차라리 폐차하고 이번에 새로 차를 구입하시는 게 나을 것 같았습니다. 아! 참고로 상대차량 수리비가 많이 나와서 내년부터 고객님 보험료가 할증될 것 같습니다. 아무리 9 대 1이라지만 외제차와 부딪히면 참 재수 없는 경우지요. 사고 당시에 저희를 불렀으면 그 자리에서 어떻게 조정을 해봤을 텐데 아무튼 그렇습니다."

골드는 사고 당시의 찌그러진 상태로 먼지를 뒤집어 쓴 채 정비 공업사의 가장 구석진 곳에 주차돼 있었다. 부딪힌 부위는 도색이

벗겨져 검은 칠이 드러나 있었다. 운전석 문을 열고 골드에 탑승했다. 혹여 골드가 내게 어떤 말을 걸어오지 않을까 한참동안 기다렸다. 골드는 힘에 겨운지 아무 말이 없었다.

시동을 걸었다. 평상시처럼 시동은 금방 걸렸다. 기어를 중립에 놓고 엑셀을 밟았다. 쇳소리가 심하게 났다. 나의 심장이 빠르게 뛰었다. 후진 기어를 넣고 다시 엑셀을 밟았다. 끽끽 소리가 나면서도 골드는 움직였다. 다시 전진 기어를 넣었다. 덜커덩거리기는 했지만 골드를 운행할 수 있을 것 같았다. 도로로 나서기 전 물티슈로 골드의 구석구석을 닦았다. 먼지가 시커멓게 묻어났다.

어디로 가면 골드를 골드답게 재생할 수 있을까. 그런 곳이 있기는 할까. 그래도 지금은 앞으로 가야 한다고 나는 생각했다. 도로를 향해 핸들을 돌렸다. 골드의 휘어진 바퀴에서는 연신 삐거덕거리는 소리가 났다. 쇳소리는 조금씩 커졌다. 사거리에 접어들자 신호등이 녹색에서 주황색으로 바뀌며 깜박거렸다. 나는 엑셀을 밟으려다가 브레이크를 밟았다. 골드가 아무래도 사거리를 안전하게 벗어날 수 없을 것 같았다. 골드가 정지선을 밟고 멈춰선 순간 덜커덕하며 앞 범퍼 한쪽이 떨어져 땅에 부딪히는 소리가 났다. 그때 가영 대리가 한 말이 떠올랐다. 내가 감사팀에 그녀의 만류에도 불구하고 보고서를 올린 직후였다.

"자기가 황금색 세단을 좋아해서 자기도 나와 같은 부류인 줄 알았어. 모든 게 다 순간인데, 그냥 즐겁게 살고 싶었어. 십자가 펜던트 있잖아, 그거 가짜 아니야. 진짜 금이거든. 그걸 사면서 나도 어쩌면 다른 꿈을 꾸었는지도 모르겠어. 자기가 너무 완강하게 거부해서 그런 기회를 놓친 게 아쉽지만 나는 자기가 더 걱정돼. 아마 오래도록 외롭거나 힘들지 않을까 하고……."

관리하기 힘든 골드를 왜 그동안 그렇게 애지중지 아꼈을까. 새 차를 사면 모든 것이 새롭게 시작되었을 것인데도, 나는 골드를 벗어나지 못했다. 그것이 내가 선택한 길이었다. 어쩌면 가영 대리의 예언을 빗나가게 하고 싶었는지도 모른다. 나는 금은방에서 세척한 십자가 펜던트를 다시 룸미러에 걸었다. 차 안이 훤해졌다. 나는 지금 외롭거나 힘든가 하고 나에게 물었다. 어쨌든 골드가 있어서 나는 외롭거나 힘들지 않다고 생각했다. 그녀가 틀렸고 내가 옳았다는 생각도 희미해졌다. 2002년이 주었던 안정감과 들뜸, 그리고 선택, 그 시간이 내게 있었음으로 나는 아무렇지 않다고 나를 다독였다.

신호가 녹색등으로 바뀌자 브레이크에서 발을 떼고 엑셀을 밟았다. 끼익거리는 소리를 내면서도 골드는 앞으로 나아갔다.

# 서킷브레이커

# 서킷브레이커

•••

 24인치 모니터 4개에 시시각각 숫자가 깜박거린다. 뉴스창은 숨 가쁘게 헤드라인을 쏟아낸다. 코스피 200지수 차트가 빨간색으로 봉을 만들며 치솟는다. 나는 숨을 깊게 들이마신다. 스스로 긴장하고 있다고 느끼면 이미 진 것과 다름없다. 어떤 사태가 발생하더라도 눈 하나 깜빡이지 않고 담담해야 한다. 최대한 부드러운 눈초리로 모니터를 본다. 등가격에서 외가격으로 살짝 기운 풋옵션 12월 227.50물이 눈에 들어온다. 1계약당 1.80의 호가다. 사자 1.79 팔자 1.80, 호가마다 1,000계약이 넘게 잔고가 쌓인다. 주문이 들고 나는 계약도 최소 30계약 이상이다. 18만 원선이면……, 빠르게 머리를 회전시킨다. 가격이 너무 세다. 적어도 30% 이상은 떨어져야 한다. 1.26선까지 기다리기로 시나리오를 변경한다. 1.26이면 준비된 3억으로 2,380계약 정도를 매수할 수 있다. 최소 500%에서 많게는 1,200%까지 내다볼 수 있으니 최소만 달성하더라도 15억이다. 모든 것이 한 번에 해결될 수 있는 금액이다. 하지만 시장은 여전히 도지형 차트를 만들면서 힘겨루기를 하고 있다. 위와 아래 꼬리가 짧은 +자를 만들며 깜박거린다. 모니터를 바라보는 무수히 많은 숨은 눈들이 붉은빛을 뿌리며 서로 잽을 던지고 있다.

장 시작 후 10분이 경과하면 그날의 방향을 어느 정도 가늠할 수 있는데 역시나 쿼트러플위칭데이답게 변동이 심해 방향을 잡을 수가 없다. 물을 한 모금 머금었다가 삼킨다. 물이 얹히지 않고 식도를 서늘하게 자극하며 넘어간다. 조짐이 나쁘지 않다.

의자를 힘껏 뒤로 젖혀 몸을 누이고 눈을 감는다. 시장이 글로벌 불확실성 때문에 상승에 저항을 받고 있지만 연말을 앞두고 윈도우 드레싱을 기대할 수 있는 상황이다. 강한 연말랠리까지는 아니더라도 특별히 내릴 만한 악재가 있는 것도 아니다. 연말 배당을 앞둔 기관과 큰손 개미의 매수까지 감안하면 지수가 오를 가능성이 더 높다. 지수가 오르면 반대로 풋옵션은 1.26까지는 충분히 내려올 것이다. 그 시간이면 정오가 되지 않을까.

이번이 마지막 기회다. 마지막 기회라는 생각에 심박동이 빨라진다. 투자자인 박 여사와 홍 사장 얼굴이 모니터에 사납게 떠올랐다 사라진다. 입술을 혀로 적신다. 입술이 바싹 말라서 혀가 따갑다. 요즘은 자주 눈도 침침하고 뻑뻑하다. 눈을 한참동안 감았다가 뜬다. 자세를 바꿔 엄지손가락 두 개를 모아 턱을 괸다. 시계가 있을

리 없는데 어디선가 초침소리가 들리고 김범준의 목소리 같은 쉿소리까지 겹친다. 귓속을 손가락으로 후벼 파다가 머리를 세차게 흔든다.

"김범준 씨 되시죠? D신용회삽니다. 제가 왜 전화한지 아시죠?"

나의 첫 직장은 채권추심업체였다. 야근을 밥 먹듯 하고, 책만큼이나 두꺼운 채무자 리스트를 보며 하루 종일 전화를 하는 것이 일과였다. 거리로 나서면 모두가 돈을 떼먹고 갚지 않는 도둑놈들처럼 보였다. 습관적으로 하루 콜수를 채우기 위해 전화를 돌리던 퇴근 무렵에 연결된 김범준도 내게는 도둑놈이었다. 금액도 2억이 넘었다. 신기한 것은 보통 이 정도의 금액이면 전화가 정지되거나 없는 번호일 확률이 높았다. 김범준은 그렇지 않았다.

나는 감정 없는 톤으로 목소리를 낮게 깔았다. 신입사원 때부터 수없이 연습한 것이라 어느 정도 위력을 발휘한다고 스스로 믿고 있었다.

"알고 있습니다. 내일 입금할 테니 그리 아시오."

내가 뭐라고 답변하기 전에 전화가 끊겼다. 뭐랄까. 수없이 연습한 내 목소리 톤은 상대가 되지 않을 만큼 차갑고, 무감각한 목소리였다. 약간 쉿소리가 나는 가성이었다. 오싹 소름까지 끼쳤다. 나는 내가 잘못 들은 것이 아닌가 싶어 다시 전화를 걸었다. 2억이라는 돈을 바로 내일 갚는다니, 그것은 지금 당장은 아무 말도 하고 싶지 않다는 강력한 거절의 메시지였다. 나는 쌍욕을 내뱉고는 오기가 발동하는 것을 억누르며 다시 전화를 걸었다. 신호가 다섯 번쯤 울렸을 때 수화기를 드는 기척이 들렸다. 침을 한 번 꿀꺽 삼키고 더 낮은 저음으로 목소리를 퉁겨냈다.

"씨팔, 당신 지금 장난하는 거야? 내일 2억 원 입금 못하면 그땐 어쩔래?"

바로 반말로 내리깔았다. 법 테두리 안에서 채권을 회수하는 것이 원칙임을 알지만 이미 세상에서 한방 나가떨어진 사람들이 호락호락 제 발로 빚을 갚겠다는 일은 드물었다. 나는 악성채권을 전담하는 부서에서 세상을 악하게 보는 법을 먼저 배웠다. 악을 이기는 방법은 더 악해지는 것밖에 없었다. 좋은 말보다는 험한 말이 효과가 있었고, 은근한 협박과 무력행사도 실적을 올리는 수단이었다. 채권자 인적사항에 김범준은 50세라고 적혀있었다. 나이를 이용했다. 나이 많은 사람은 나이 어린 공격수에게는 좋은 먹잇감이었다. 거리에서 담배 피는 학생들에게 어른이 아무 말 못하는 세태를 한탄하기도 하지만 당해보지 않는 사람은 모른다. 새카맣게 어린놈이 눈을 부릅뜨고 어른에게 반말로 대드는 경우, 정상인이라면 반은 돌아버린다. 자존심이 극에 달해 없던 돈도 나오는 게 여러 번이라는 것을 경험으로 알았다. 가진 것이 없는 군상들이 자존심은 더 셌다. 선배들이 만든 채권추심법칙 제1번에 나온 구절이었다. 나는 이 법칙을 적절하게 구사했다. 나이가 많으면 많을수록 효과는 배가 되었다. 에미, 에비도 없냐는 게 그들의 유일한 항변이었다. 씨팔, 듣기 싫으면 돈을 갚든가, 라고 한마디 내뱉고 불량스럽게 침을 찍, 내뱉으면 해결되는 경우도 적잖았다. 이 사람도 다름 아닐 거라고 확신했다.

"너, 사람 잘못 골랐다. 지금 이 말 녹음되었고, 내일 내가 돈 갚으면 니놈 모가지는 반드시 내가 떼겠다."

순간, 움찔했다. 녹음이란 단어가 화살촉이 되어 가슴에 박혔다. 몇 번 제법 영리한 빚쟁이들이 통화내용을 녹음해 항의한 적이 있었다. 곤혹스럽긴 했지만 결국 그들이 빚을 갚지 못하는 한 아무런 역할도 못했던 녹음이었다. 그래도 녹음이란 단어는 섬뜩했다. 어쩌면 그라인더에 쇠가 갈리는 듯한 놈의 금속성 쇳소리가 신경을 건드린 건지도 몰랐다.

이번에도 자기 말만 하고 전화를 끊었다. 녹음이란 단어가 맘에 걸리기는 했지만 놈이 정말로 아무런 대화도 하고 싶지 않는 거라고 치부했다. 퇴근길에 찝찝한 마음이 달라붙는 것이 싫어 소주를 한 병 마셨다. 그렇고 그런 못난 빚쟁이일 뿐이라고 생각하며 털어버렸다.

문제는 다음날 터졌다. 팀장의 조회가 끝나고 업무가 시작되려는 9시 즈음이었다. 나는 인스턴트 커피를 한 잔 타와서 자리에 앉아 오전에 전화할 목록을 눈으로 훑었다. 김범준이란 이름이 눈에 들어왔지만 대수롭지 않게 넘기며 미친놈, 이라고 혼자 콧방귀를 뀌었다. 그때였다.

"나 김범준인데, 어젯밤 내게 전화한 놈이 누구야?"

출입구에서 가까운 자리에 앉은 나는 쇳소리를 또렷이 들을 수 있었다. 그라인더에 쇠를 가는 그 소리, 어젯밤 그놈이었다. 날카롭게 갈린 송곳이 가슴을 향해 날아오는 느낌이었다. 나는 순간적으로 뭔가 잘못되었다고 감지했다. 벌떡 자리에서 일어나 출입문을 바라보았다. 보기 드문 중절모를 쓰고 윤기가 흐르는 양복을 입은 중키의 신사가 서 있었다. 짝다리를 짚고 사무실을 쓰윽 둘러보는 눈길과 마주쳤다. 놈도 나도 그 시선에서 이미 승부가 갈렸음을 알아챘다. 놈은 정말 2억 원을 들고 내 목을 자르려고 그 자리에 서 있다! 밑도 끝도 없는 예감은 어디서 왔을까. 눈빛, 눈빛이 그렇게 말하고 있었다. 중절모 아래서 빛나는 눈빛은 여명의 부챗살처럼 강렬한 자기장을 발산하며 나를 향해 귀기를 쏘아댔다. 내가 어제 말했지? 네놈 목을 자른다고…….

"이놈 목을 자른다면 내가 오늘 2억을 갚지요."

쇳소리가 팀장에게 말했다. 허둥대는 나를 끌고 팀장 앞에서 볼펜 모양의 녹음기를 꺼내더니 어제 내 목소리를 재생했다. 나는 그 자리에서 무릎을 꿇었지만 시위를 떠난 화살은 여지없이 내 목에 꽂혔다. 팀장은 웃는 것도 같고, 일그러진 것도 같은 애매한 표정으로 그저 허허거리다가 그를 VIP실로 데리고 갔다. 잠시 후 팀장이 나와서 무조건 들어가 무릎을 꿇고 사죄하라고 벌게진 얼굴로 말했다. 언론에 저 녹음이 나가면 우리는 끝장이라고 입에서 침을 튀기며 말했다. 금방이라도 얼굴에서 피가 흐를 것같이 새빨개진 팀장의 얼굴을 보며 나는 VIP실로 들어갔다. 악이 더 큰 악으로 제압할 수 있는 것이라면, 비굴함과 연민도 필사적으로 드러내면 어떤 것을 제압할 수 있다는 것을 나는 채권추심을 하면서 배웠다.

빚쟁이들 중에는 제법 순수한 인간들도 가끔은 있었다. 인생의 느닷없는 변화구를 맞아 빚쟁이가 되고, 채권추심업체의 독촉을 받는 처지에 있었지만 법이 없이도 살 수 있는 사람들이 많았다. 그런 부류의 인간들에겐 때로 동정심이 일기도 했다. 정말 운이 없었거나 영악하지 못해서 남의 빚을 짊어진 경우도 있었다. 이런 이들은 필사적으로 호소했다. 반드시 빚을 갚을 테니 시간을 달라고……. 대개 그런 치들은 빚을 갚았다. 시간이 필요하긴 했지만 사는 방법이 정해진 규칙 안에 있으니 빚쟁이란 모욕을 어떻게든 벗어나려고 했다. 지금 내가 할 수 있는 일이라곤 무조건 그치들처럼 필사적으로 잘못했으니 선처해 달라는 간절한 구걸밖에 방법이 없을 것 같았다. 혹시라도 그가 나를 규칙 안에서 사는 사람으로 여기고 선처를 베풀지도 몰랐다. 그런 생각이 떠오르자 VIP실의 문을 열자마자 나는 놈의 바짓가랑이부터 붙잡았다.

"잘못했습니다. 살려주십시오."

한번 그 말이 터지자 어디선가 알 수 없는 설움이 몰려왔다. 눈물의 저수지가 터지기라도 한 것처럼 저절로 눈물이 쏟아졌다. 나는 무엇이 잘못되었는지 왜 살려달라는지 밑도 끝도 없이 반복하며 대성통곡을 했다. 바짓가랑이가 눈물로 범벅이 되자 놈이 발을 털어내며 무뚝뚝하게 내뱉었다.

"다 한 번의 실수는 있는 법이지. 보통사람들 피 빨아 먹지 말 그라."

쇳소리는 여전했지만 나는 그 와중에도 살았음을 느꼈다. 그 순간 팀장의 새빨개진 얼굴이 정상으로 돌아왔다. 다시 한번 눈물을 닦지 않고 말했다. 최대한 높은 톤이었다.

"감사합니다. 이 은혜 죽어도 잊지 않겠습니다."

그 순간에는 정말 죽어도 잊지 않겠다는 말이 진심에서 우러났다. 살다 보면 인연이라 여겨지는 만남이 있다. 나는 그날 제대로 임자를 만났고, 삶의 수레바퀴가 커다랗게 궤적을 그리며 방향을 바꾸었다는 것을 어렴풋이 짐작했다. 그 달에 나는 채권추심 최우수직원으로 뽑혀 사장이 주는 상을 받았다. 그가 어떻게 2억을 빚졌고 또 어떻게 그렇게 단박에 2억을 갚았을까, 라는 호기심이 나를 가만두지 않았다. 그동안 만났던 수많은 채무자들을 뛰어넘는 새로운 유형의 인물이 내 삶을 흔들었다. 세상을 빚진 자와 빚 받을 자로 간단하게 나누어버린 내 인간관이 흔들렸다. 그에게 여러 번 전화를 했다.


9시 30분이 되자 호가의 움직임이 빨라진다. 괴었던 턱을 풀고 재빠르게 마우스를 잡는다. 정지상태였던 화살표 모양의 커서가 화들짝 놀라며 요동을 친다. 스탑오더 주문창에 100이라는 단위를 세팅한다. 호가가 1.26까지 내려온다면 마우스의 왼쪽을 살짝만 눌러도 1,260만 원의 풋옵션이 바로 매수된다. 편두통이 재발한다. 1.50까지 내려온 호가는 한두 계약만으로 깜박거리며 거래가 체결될 뿐 더 이상 내려가지 않는다. 나는 모니터의 우측 상단에 감시카메라처럼 자리를 잡고 깜박거리는 표준시계창을 본다. 9시 31분 21초! 한번 잽을 넣어볼 만한 시간이다. 한두 계약을 가지고 소위 피라미들이 시장을 저울질하고 있다. 마우스를 쥐었던 손에 들어갔던 힘을 뺀다. 나는 다시 심호흡을 하고 마우스에서 손을 떼어 턱을 괸다. 커서가 한 자리에 자리를 잡고 조는 모드로 돌아간다.

뒷목덜미를 주먹으로 내리친다. 방음장치를 한 사무실은 명멸하는 호가창의 움직임만이 있을 뿐 아무 소리도 들리지 않는다. 탁, 탁, 내리치는 내 주먹 소리만 커진다. 얼마나 많은 이들이 이 시간 모니터를 보며 배팅할 타이밍을 기다리고 있을까. 작은 모니터 안은 적막과 달리 충혈된 수많은 눈이 주시하고 있는 전장과 다름없다. 책상 위에 놓여있는 약봉지를 본다. 이겨내자! 다시 한번 입술을 혀로 적신다. 여전히 혀가 아프다. 생수병을 들어 물을 한 모금 마신다.

김범준은 주식시장의 재야고수였다. 주식시장과 재야고수라는 말을 나는 그때 처음 알았다. 소위 전문지식으로 무장한 몇몇 사람들이 모인 곳이 주식시장이라고만 인식하던 때, 초야에 묻혀 사는 가공할 무술을 갖춘 인물로 해석하고 보니 주식시장이 무슨 무협의 세계도 아니고 어떻게 고수가 존재하는가 싶었다. 달리 생각하면, 내가 근무하는 채권추심업계도 고수가 있었다. 나 역시 고수라 불리는 전설적인 선배들에게서 채권추심의 방법을 배우지 않았던가.

나는 간절히 그에게서 재야고수의 원칙을 사사 받고자 했다. 그의 수제자가 되고 싶었다. 그도 나에게서 어떤 싹수를 보았을까. 파생상품만을 사고파는 트레이딩 기법을 가르쳐주었다. 나는 차트 하나만을 보고 선물·옵션 시장에서 단기매매를 통해 수익을 내는 기법을 완벽히 이해했다. 나는 그가 제시한 아주 단순한 원칙을 가장 잘 실행했고 그만큼 성공률도 높았다. 회사를 그만두고 그와 숙식을 함께하며 M투자자문사를 차린 것은 너무나 당연한 수순이었다.

그는 10여 년의 실패 끝에 자기 나름의 투자원칙을 터득한 사람이었다. 그의 투자원칙은 2억의 빚을 단박에 갚고도 소액의 투자자금으로 4억을 마련한 성과로서 증명되었다. 그 10년 동안 가족도, 친구도 모두 떠났다. 말을 하지 않아서 목소리가 쇳소리로 변했다고 했다. 철저히 자기를 고립시키고, 골방에 들어앉아 그가 싸운 시장은 고요한 듯했지만 폭풍전야의 바다 같은 욕망의 각축장이었다.

"첫째도 욕심, 둘째도 욕심, 마지막도 욕심이다. 욕심을 버리면 얻을 수 있지. 그게 처음이자 마지막 원칙이야."

스승의 원칙은 하루 5%의 수익이었다. 장 시작과 함께 그날의 코스피 지수가 변화를 끝내고 안정을 취하는 순간부터 매매는 시작되었다. 대개는 30분 정도의 시간이 지난 시점이었다. 9시 30분이면 전날과 당일에 시장을 좌우할 수 있는 모든 정보가 반영되었다. 상승할지 하락할지 아니면 힘겨루기를 할지 그 시간이면 대개 결판이 났다. 그리고는 지루한 상승과 하락의 반복을 오후 3시까지 이어갔다.

스승은 지루한 반복장에서 약간의 틈새를 공략했다. 콜과 풋의 호가 사이에서 수수료 0.1%를 제하고 1틱이나 2틱 정도의 수익만을 취했다. 대개 1천 원에서 2천 원 사이의 작은 수익이었지만 500번에서 1,000번의 매매가 발생하는 순간 수익이 쌓여 하루 5%의 수익을 무리 없이 달성했다. 아무도 눈여겨보지 않는 작은 변화가 스승에겐 엄청난 수익을 안겨주는 틈새시장이 되었다.

선물·옵션은 미래 주식시장을 예측하는 수단으로 도입된 파생시장이었다. 한국의 높은 IT기술과 참여자들의 투기성 때문에 위험을 헷지하고 시장의 예측력을 높인다는 장점을 뒤로하고 꼬리가 머리통을 흔드는 '웩더독' 현상을 만들었다. 말하자면 한국시장은 꼬리인 선물·옵션이 머리통인 주식시장을 좌우했다. 외국인들은 높은 정보력과 단합된 방향성으로 선물·옵션의 강자로 군림했다. 기관들은 때론 외국인에 편승하기도 했지만 주로 주식투자의 위험을 헷지하기 위해서 파생시장에 참여했다. 문제는 개인이었다. 개인은 헷지도, 예측도 필요 없는 불나방이었다. 시쳇말로 한방에 훅 가거나 한방에 큰돈을 쥐거나 둘 중 하나였다. 제로섬게임의 잔혹한 면을 온몸으로 체험하면서 날마다 불에 그슬어 죽는 개미들이 속출했지만 자고 일어나면 얼마의 돈을 마련해서 또 불나방처럼 뛰어들었다. 그나마 선물은 기본 예탁금이 1,500만 원이 있어야 가능한 시장이라 개미들의 참여가 제한되었지만 옵션은 달랐다. 몇 십만 원부터 몇 백만 원에 이르는 푼돈들이 모여 각축을 벌였고 결국엔 그게 쌓여 스승처럼 억 단위의 빚을 지는 경우가 많았다. M투자자문사가 조금씩 자리를 잡아가자 스승은 나에게 원칙 하나를 더 보태주었다.

"통제할 수 없으면 피해라. 세상을 움직일 정보를 스스로 쥐고 있지 않으면 내일은 아무도 알 수 없지. 예측하려 하지 말고 무조건 피해라. 그래서 하나의 원칙을 더하마. 오버나이트는 죽음이다."

오버나이트는 포지션을 취하고 하루를 넘기는 전략이다. 예측이 맞는다면 20~30% 수익은 금방 실현되었다. 그러나 예측이 틀리다면 그만큼의 손실도 감수해야 했다. 나는 오버나이트를 감행하자는 쪽이었다. 하루 정도를 예측하지 못한다면 그것은 전문가가 아니다, 라는 게 내 관점이었다. 당일 내내 외국인과 기관의 흐름을 파악하고, 포지션을 읽으면 하루 정도는 충분히 예측 가능했고, 그간의 경험으로도 맞는 확률이 80% 이상이었다. 스승은 단 1%라도 통제할 수 없으면 어느 날 욕심이 한방을 유혹할 것이고, 조금씩 쌓아온 성이 하루아침에 무너질 수 있다고 말했다. 10년간 모든 것을 잃었던 사람이기에 어쩌면 그가 지나치게 보수적이라고 생각했다. 하지만 차곡차곡 쌓이는 수익 앞에서 그 말을 거역하기란 힘들었다.

내게도 점점 고객이 모여들기 시작했다. 맡겨진 회사 자산에 대한 수익률 체크는 철저했다. 시스템을 만들어 매니저가 단독행동하는 것을 금했다. 고객들은 처음 약속한 대로 하루 5%대로 수익을 쌓아가는 M투자자문사를 절대적으로 신뢰했다. 그 중심에서 나 역시 신뢰의 아이콘으로 성장했다.

6개월이 지나자 새벽 2시까지 해외시장을 체크하고, 6시에 일어나 해외시장의 결과와 당일 매매전략을 짜는 반복된 행위가 서서히 싫증나기 시작했다. 남들처럼 일과 후에 술도 한 잔 하고 적당히 소비하고 싶은 욕망이 나를 부추겼다. 모든 고객들의 1차 상담은 스승의 몫이었지만 스승의 눈을 피해 몇몇의 고객들과 별도의 커뮤니케이션 채널을 만들었다. A구좌(매니저가 자신의 돈으로 투자하는 차명계좌)를 만들고 철저히 운용수익의 10%만을 성과급으로 받아가던 원칙을 무너뜨렸다. 고객과도 별도의 라인을 통해 실시간 리딩을 시도했다. 균열은 작은 곳에서 시작되었지만 서서히, 그러나 엄두도 낼 수 없는 상황으로 몰리며 나를 무너뜨렸다.

"오늘부터 박 이사는 운용에서 손 떼라."

내 외도를 눈치챈 스승의 극약처방이었다. 처음 스승을 만났을 때처럼 바로 무릎을 꿇고 바짓가랑이를 붙잡고 살려달라고 애원했으면 어땠을까. 새로운 길이 내 앞에 나타났을지도 모를 일이다. 하지만 나란 인간의 뇌구조는 그런 구차함이 한 번이면 족하다고 생각했다. 원칙을 알고 있는데 언제라도 되돌아갈 수 있을 거라는 자신감도 있었다. 나는 어깃장을 놓았다.

"떠나겠습니다. 이제 스승님의 그늘을 벗어나 내 길을 개척하고 싶습니다."

"내가 미리 갔던 길을 그렇게도 가고 싶으냐?"

"알고 있으니 그리 가지는 않을 겁니다."

"욕심이다. 욕심을 갖는 순간 고요한 모니터 안의 세상은 폭풍우가 몰아치는 세상이 될 것이야."

"욕심이 좀 더 큰 세상을 알게 할 수도 있잖습니까. 욕심이 다 나쁜 것은 아니라고 생각합니다."

"이 판에서 욕심은 곧 죽음이다."

"그럼 죽겠습니다."

나는 고집을 피웠다. 어차피 돌아갈 수 없으리라고 나는 미리 결론을 내려놓고 스승에게 대들었다. 절제하는 생활에 싫증을 느끼던 참이었다. 계획된 규칙대로 모든 것을 통제하고 미래를 위해 현재를 담보 잡히는 삶이 갑갑했다. 그렇게 정해진 대로 가는 길이 삶이라면 얼마나 숨 막힐까. 정 안 되면 스승의 방법을 그대로 따라하면 될 것이라고 마음 한쪽에서 유혹했다.

"나는 내 방법이 전부라고는 생각하지 않는다. 부디 니 원칙을 찾기를 바란다만 지금 네 방법은 틀렸다. 원칙을 찾지 못한다면 빨리 원점으로 돌아와라. 기회는 얼마든지 다시 있을 것이다. 가라 이놈!"

스승은 더 모질게 몰아치지는 않았다. 내게 M투자자문의 지분이 있는 것도 아니었기에 달랑 몸만 빠져나왔다. 그러나 A구좌는 깡통이 되었고, 별도 라인을 구축했던 고객들은 나를 고소했다. 스승이 원칙을 발견하기 위해 보냈던 10년을 나는 6개월 만에 그대로 답습했다. 다시 스승의 원칙으로 돌아가려 했으나 이미 눈덩이처럼 불어난 빚덩어리가 매일매일 무리수를 두게 했다. 오버나이트의 승률은 5할로 줄었고 하루 1,000번의 매매를 하는 귀찮음은 스윙으로 변해 한방을 노렸다. 요행이 맞는 날은 하루에도 2~3배의 수익을 냈지만 그만큼 손실도 컸다. 폭음이 잦아졌고 규칙적인 생활은 문란해졌다. 시황을 읽지 못하니 당연히 무리한 투자가 계속되었고 승률은 점점 낮아졌다.

쿼트러블위칭데이! 네 마녀가 과연 어떤 춤을 출 것인가.
눈치 보기 극심할 듯.
특별한 이슈가 없는 상황에서 무난한 만기 예상.
마녀는 심술을 좋아한다.

10시. 모니터 뉴스 공시창에 각 언론사마다 경쟁하듯 소식을 쏟아낸다. 내가 타깃으로 잡은 227선에서 코스피 200지수가 강보합과 약보합으로 오르내린다. 헤드라인만 보면 현재 호가만큼이나 종잡을 수 없는 상태다. 미스리 메신저를 통해 검증되지 않는 정보도 질세라 팝업창을 만들며 춤을 춘다. 조막손 세력부터 큰손까지 나름대로 시나리오를 짠 대로 오늘 변화무쌍한 차트를 만들어낼 것이다. 그들이 쏟아내는 정보가 오늘은 다 헛것이 되어야 한다. 나는 미리 준비한 기사체형 '찌라시' 자료를 다시 한번 점검한다. 서킷브레이커 상황을 만들면 순식간에 지수가 요동을 치는 짧은 순간이 온다. 그때가 바로 기회가 될 것이다.

(루머·속보) 북한 특수공작팀으로 보이는 일단의 무리들이 서울시 지하철의 주요 환승역에 폭탄설치, 특별조건을 수락하지 않으면 폭파하겠다는 협박문을 청와대에 보냈다고 함.
(속보) 신도림역과 영등포역에 폭발물 탐지견과 경찰 출동 / 사진 첨부.

팍스넷, 씽크풀, 와우넷, 슈어넷, 솔론, ETomato, 다음, 네이버, 야후, 네이트, 파란까지 주요 종목정보 사이트의 아이디와 비번도 세팅을 확인한다. 108명의 아이디를 준비하기가 쉽지는 않았다. 익명이면서 실존하는 이들의 이름으로 동시에 정보를 뿌려야 먹히는 일이라 수고로움을 무릅썼다. 노숙자들을 상대로 한 명 한 명 주민

번호를 얻으면서 나는 황홀한 추락 서킷브레이커가 발동되는 순간만을 그렸다. 꿈속에서도 하늘에서 땅으로 내리꽂히는 장대음봉이 자주 나타났다. 그런데 공교롭게 108명이라니……. 그저 최대한 많이, 살았으면서도 살아있지 않은 익명의 사람을 확보하는 데만 신경을 썼는데 108이라는 숫자가 낯익다. 108번뇌와 108배가 동시에 떠오른다. 좋은 징조인가. 나쁜 징조인가. 떠올리기 싫은 기억의 쪼가리가 토막토막 오버랩된다. 한번 재생된 기억은 스톱버튼이 고장 난 비디오처럼 돌아간다. 평범하게 사는 게 행복이라고 여겼던 시절이 까마득하다.

그동안 내 삶에서 서킷브레이커는 발동되지 않았다. 하기야 대부분의 사람들에게 서킷브레이커는 불필요할 것이다. 서킷브레이커가 발동되는 삶이란 게 그것이 상승이든 하락이든 그 격렬한 요동을 견뎌낼 사람이 얼마나 될까. 서킷브레이커가 없는 삶이 당연히 행복한 것이다. 그러나 돌이킬 수 없는 막다른 골목에 선 지금, 지수가 장대음봉을 그리며 내리꽂히는 서킷브레이커가 발동하면 내 삶에는 반대로 장대양봉이 그려질 것이다. 그 상황을 영원히 지키기만 하면 된다. 스스로 서킷브레이커를 발동시키고 나는 사라지면 그뿐이다. 딱 한 번만 경험하면 될 일이라고 나를 다독인다. 거대한 자본의 강물에 돌 하나 정도 던지는 일에 불과하다. 타인의 욕망에 공포를 조성하고 공포가 극에 달할 때 웃는 이들이 얼마나 많은가. 때론 합법적으로 때론 합법을 가장한 불법으로 자본주의는 스스로

커갈 뿐이다. 거기에서 떨어지는 빵부스러기 하나 내가 주워 먹는 일이다. 그런 작은 도발일 뿐이다.

　M투자자문사를 나와서 패배를 인정하기 싫었던 나는 여전히 재기할 수 있다는 믿음을 잃지 않았다. 처음부터 가진 것이 없었으니 빈털터리가 되어도 손해 본 것은 없었다. 빚독촉을 받았지만 최악의 경우엔 파산을 신청하면 그만이었다. 내게 책임은 없었다. 한판 멋지게 살다 가면 그만인 것이 인생이지 않은가. 구질구질하게 무슨 사명을 띤 양 절제하고, 아끼고, 통제하기 싫었다. 스승처럼 사는 것도 인생이고 내 것도 인생이라고 나는 여전히 독기를 창창히 내뿜었다. 누가 옳은 것인지는 무덤에 들어가 봐야 알 것이라고 어깃장을 놓았다.
　그때 생각해낸 것이 생활정보지에 투자자를 모집하는 광고였다. 고수익을 약속하면 덤벼들 불나방들은 수두룩할 것이다. 다만 잔챙이는 피곤할 뿐 억대를 투자할 수 있는 두세 사람 정도면 족했다. 그 정도면 내 나름대로 한방을 꾀할 수 있을 것 같았다. 그렇게 박 여사를 만났다.
　박 여사는 주식 때문에 이혼까지 당한 여자였다. 그래도 사람을 상대하는 수완이 좋아서 카페를 운영해 현금흐름이 좋았다. 박 여사는 사람을 쉽게 믿었다. 그동안 증권사에 갖다 바친 돈이 수억이라고 말했다. 나는 그 말이 맞을 것이라고 생각했다. 40대 후반인 박 여사의 수완이라면 굳이 주식투자를 하지 않더라도 남부럽지 않게 살 수 있는 능력 있는 여자로 보였다. 가끔씩 들린 그녀의 카페는 언제나 손님들로 넘쳤고, 아르바이트생이나 종업원이 그녀에게 몇 번의 교육만 받으면 나긋나긋한 서비스 우먼이 되었다. 그러나 박 여사는 돈에 굶주린 사람을 자동으로 잉태하는 커다란 자궁과 같은 자본주의의 적자였다. 자궁은 아무리 돈이 많아도 늘 돈에 배고픈 인간들을 잘도 낳았다. 한번 태어난 박 여사 같은 이들은 투자라는 달콤한 환상에 중독된 채로 불나방처럼 고요한 모니터의 세상으로 모여들었다. 나도 그 불나방이었다. 다만 불이 뜨겁다는 것을 잘 알고, 잘못하면 날개가 타고 몸이 타버릴 수도 있다는 사실을 알고 있었다. 불나방이 불을 향해 날아드는 것이 운명일진데 불을 피해서 살 수는 없는 일이다. 나는 기꺼이 불나방으로 살기로 결심했다. 박 여사는 그래서 어쩌면 나와 운명처럼 엮인 인연이었다. 박 여사 역시 기꺼이 주식시장의 불나방으로 사는 운명을 받아들였으니 말이다.

　박 여사는 매주 1,000만 원씩을 나에게 주기적으로 맡겼다. 나는 박 여사 정도면 충분하다고 판단했다. 다른 몇몇의 사람들이 광고를 보고 찾아왔지만 이것저것 따지고 질문을 통해 확인하려고 했다. 박 여사 같은 사람 한 명 정도만 더 있으면 싶었다. 상담을 하면서 자연스럽게 말이 거칠어졌다.

　"나를 믿고 그냥 돈을 맡기려면 오고, 믿지 못하겠다면 도로 가시오."

 거친 말은 찾아온 사람들을 내치는 방법이 되었다. 별 미친놈 다 보겠다는 시선으로 갸웃거리다 사람들은 되돌아갔다. 그런데 홍 사장만 예외였다. 대신 자신이 한마디 하겠다고 했다.

 "여태껏 별짓 다 해봤으니 한 번 더 속는 셈치고 5,000만 원 맡길 테니 어디 잠수나 타지 마시오."

 홍 사장은 정말 인생을 포기한 사람인지 몰랐다. 그러나 나는 어떤 오기 같은 것이 생겼다. 이 사람에게는 반드시 수익을 안겨주고 싶었다. 이 판에 이런 사람도 있다는 것을 증명하고 싶었다고나 할까. 홍 사장도 불나방이었지만 이런 불나방은 이미 뜨거운 불꽃쯤은 무덤덤하게 타고 넘을 수 있는 불사조가 되었을지도 모를 일이었다. 나는 기꺼이 홍 사장 돈을 받았다.

 박 여사와 홍 사장 투자금은 스승의 방법을 이용했다. 처음에는 그렇게 해야 할 것 같았다. 매일 5%의 수익만을 노리며 철저히 데이트레이드로만 운용했다. 한 달 운용성과는 85%였다. 둘은 놀라지 않았다. 가히 주식판에서 닳고 단 사람들의 태도였다. 대신 투자금을 늘렸다. 홍 사장이 1억을 추가로 입금했다. 박 여사는 술을 한 잔 사겠다고 했다. 주름이 졌지만 뽀얗던 박 여사의 목덜미가 떠올랐지만 문자를 남겼다.

 '저는 오래 투자하지 못합니다. 3개월만 운용하고 미국으로 가려합니다. 술 마신 것으로 할 테니 2억만 더 투자하세요. 제 몫은 수익

금의 20%만 챙겨주시구요.'

'우리 박 이사! 믿어요. 20%가 뭐예요. 이번처럼만 수익 내요. 30% 박 이사에게 돌릴 테니. 그리고 그날 술 한 잔 꼭 해요."

12시 30분이 지나자 코스피 지수가 서서히 상승폭을 높여간다. 그러나 고점에서 출회되는 프로그램 매물도 만만찮다. 외국인은 풋으로 방향을 잡고 개인과 기관은 콜로 포지션을 잡아간다. 점심시간 타이밍도 괜찮다. 1.32P! 예상했던 것보다는 높지만 이 정도면 나쁘지 않다. 마우스를 바투 쥐고 클릭한다. 순간적으로 100계약이 체결된다. 호가가 1.33으로 바뀐다. 잠시 숨을 고른다. 다시 호가가 1.32로 내려오고 1.31에 급속도로 쌓였던 매수 잔고가 사라진다. 더 이상 지수가 내려가지 않을 것으로 판단하는 흐름이다. 투자주체창에 확연히 기관과 개인들이 콜포지션을 늘리는 게 보인다. 주문창에 100에다 0 하나를 더 붙인다. 1,000계약 1억 3,200만 원이 순식간에 체결된다. 또 한 번을 클릭한다. 1,000계약이 이번에는 1.30에 체결된다. 코스피 200지수는 외가격인 231.10P에서 1분봉을 양봉으로 만들면서 길이가 위로 늘어난다. 스탑오더 예약에 100계약을 1틱 단위로 주문을 넣는다. 예약한 주문이 1.30에서 1.26까지 숨겨놓은 지뢰폭탄처럼 검은 점으로 나타난다. 미스리창을 띄운다. 각 주식포털에 108명의 아이디로 동시에 속보를 뿌린다. 눈을 감는다.

(루머 · 속보) 북한 특수공작팀으로 보이는 일단의 무리들이 서울시 지하철의 주요 환승역에 폭탄설치, 특별조건을 수락하지 않으면 폭파하겠다는 협박문을 청와대에 보냈다고 함.

마음속으로 숫자를 센다.
'하나, 둘, 셋!'
눈을 뜨자 좀 전까지 점진적으로 상승하던 코스피 200지수가 거짓말처럼 장대음봉을 만들며 하락하기 시작한다. 스탑오더창에는 풋 225.70물이 2,400계약 잔고로 표시되어 있다. 1틱 단위로 예약한 500계약도 마저 체결이 된 것이다. 지수가 내리자 매입한 풋옵션 수익률이 요동을 치며 상승한다. 순식간에 1.27이던 호가가 1.60까지 오른다. 108명의 아이디로 뿌린 내용을 재전송하는 팝업창이 모니터에 블록을 만들며 불쑥불쑥 나타난다. 매도 기타 호가창에 6.30을 타이핑하고 2,400계약 매도 예약을 넣는다. 이번엔 108명의 아이디를 30명, 30명, 48명으로 나눠 1초 간격으로 속보를 넣는다.

(속보) 신도림역과 영등포역에 폭발물 탐지견과 경찰 출동.

10초를 기다렸다가 탐지견의 줄을 잡은 무장경찰의 사진을 5번에 나눠 각 포털창에 흩뿌린다. 스탑오더창을 바라본다. 호가는 3.0

을 막 넘어선다. 1.5배의 수익이 발생한다. 잠깐 마음이 흔들린다. 이쯤에서 털고 나가도 괜찮지 않을까. 순간, 2억이 넘는 빚과 원칙을 말하던 스승의 얼굴이 떠오른다. 나는 일그러진 미소를 스승을 향해 날린다. 시나리오대로 간다. 최소 5배! 이번 딱 한 번이다. 그리고 편히 살자.

잠시 모니터의 표준시계창을 본다. 1시 10분. 서킷브레이커가 발동되면 낭패가 발생할 가능성이 높다. 빨리 실행에 옮겨야 한다. 호가창을 바라본다. 3.50까지 오른 호가는 잠시 주춤거리며 숨 고르기를 한다. 창문을 연다. 신도림역이 보이고, 기차가 도착했는지 출구에서는 사람들이 사방으로 빠르게 빠져나온다. 100여 미터 거리에서 기폭장치를 누른다. 나는 마음속으로 폭발음을 듣는다. 소리는 들리지 않지만 지금쯤 신도림역 지하 2층의 사물함이 몇 개 날아갔을 것이다. 심하게 연기도 피어오를 것이다. 1차 폭발 성공!

속보를 뿌린다. 호가창을 본다. 5.70까지 오른다. 다시 기폭장치를 누른다. 속보를 뿌린다. 호가창을 본다. 시간이 잠시 정지하는 것 같다. 모니터 하단에 붉게 풋 227.5, 6.30, 2,400계약 매도체결이라고 뜬다. 째깍째깍 시곗소리와 쉿소리가 다시 들린다.

"사기와 스킬은 다르다. 절대 사기꾼이 되어서는 안 된다. 어차피 개인이 조직을 이길 수는 없다. 돈을 벌려면 대주주가 돼야겠지만 그들이 자본을 활용할 수 있는 시장에서 활동하는 스킬만으로도 우리는 돈을 벌 수 있으니 대주주 부럽지 않은 날을 만들 수 있을 것이다. 분명히!"

　스승이 처음 코스피 200지수 차트를 내게 설명하며 해준 말이다. 사기와 스킬이 다르다니. 결론이 좋으면 사기도 스킬이 되는 시대다. 정보를 쥐고 있지 않은 개인이 한 번쯤은 정보를 만들어내는 게 뭐 그리 나쁜가. 남북으로 대치된 상황, 한 번쯤은 내가 아니더라도 얼마든지 일어날 수 있는 일을 딱 한 번 사용하는 것이 사기인가. 아니다. 스킬이다. 모니터에는 서킷브레이커가 발동되었다는 팝업창이 뜬다. 이제 30분간 말 그대로 고요한 세상이 된 것이다. 노트북을 닫는다. 가방을 챙기고 시계를 본다. 1시 32분. 책상 위에 놓여있는 불룩한 약봉지를 일별하고 사무실을 나간다. 등 뒤로 번호키가 자동으로 잠기는 소리가 난다.

　신도림역 근처에서 사이렌 소리가 난다. 매캐한 연기 냄새와 사람들의 함성소리가 연이어 터진다. 나는 뚜벅뚜벅 계단을 내려간다. 사무실이 있는 건물 입구로 일단의 경찰이 급하게 뛰어온다. LTE 폰을 켠다. 서킷브레이커가 작동된 시장은 여전히 움직임이 없다. 움직임이 멈춘 코스피 200지수 차트화면 위로 무수한 팝업창이 연속으로 뜬다.

　(속보) 청와대 공식논평 - 신도림역 사물함 폭발은 북한의 소행과는 상관없는 투기세력의 소행으로 판단. 경찰이 수상한 거래 포착

용의자 추적에 나섬.

화면을 끈다. 최대한 담담한 모습으로 출입문을 향한다. 스스로 긴장하고 있다고 느끼면 이미 진 것과 다름없다. 어떤 사태가 발생하더라도 눈 하나 깜빡이지 않고 담담해야 한다. 안경을 한 번 쓱 치켜올린다.

# 보스를 아십니까

# 보스를 아십니까

• • •

 후계자 면접을 보러 왔다는 젊은이가 구둣방 문을 열고 들어왔다. 추위 때문인지 젊은이의 뺨이 유난히 붉었다. 나는 손짓으로 자리를 권하고는 찬찬히 젊은이를 바라보았다. 젊은이가 다시 일어나 공손하게 인사를 했다.
 "면접 전에 자네 구두를 닦아주려는데 괜찮겠나?"
 비즈니스 정장을 입은 젊은이는 쭈뼛거리다가 구두를 벗어 건네주었다. 버클로 포인트를 준 슬립온 스타일이었다. 끈이 있는 옥스퍼드에 비해 캐주얼하지만 정장에도 어울리는 구두다. 대개 손님들의 구두에서는 쿰쿰한 발냄새가 나는데 그의 구두에서는 아로마향이 풍겼다. 이질적인 향 때문인지 재채기가 나오려는 것을 가까스로 참았다. 구두를 뒤집어보니 굽 좌우가 비슷하게 닳아있다. 반듯한 걸음걸이를 가진 사람이구나 싶었다.

나는 닦기통 위에 구두를 올리고 잠깐 숨을 골랐다. 광목천조각을 팽팽하게 당겨 검지와 중지에 감고 구두약을 듬뿍 묻혀 쓱쓱 닦아나갔다. 약이 가죽에 골고루 퍼지게 솔로 여러 번 문질렀다. 약을 먹은 구두코가 광을 잃고 흐릿해졌다. 나는 한 짝을 젊은이 발 앞에 놓았다. 버클이 달깍 소리를 냈다. 다른 짝도 똑같이 약을 묻힌 후 나란히 놓았다. 젊은이는 구두약 때문에 광택이 사라진 구두를 바라보며 얼굴을 살짝 찡그렸다.

"약이 스며들려면 시간이 좀 걸리지. 너무 오래 두면 굳어버리고, 너무 짧으면 약이 가죽에 스며들지 못해서 구두광이 이틀을 못 넘어. 이게 타이밍이 중요해."

젊은이는 내 말에 고개를 끄덕이며 발 앞에 놓인 구두를 다시 보았다. 세 평 남짓한 구둣방 안이 답답한지 간간이 심호흡을 했다. 찬바람을 막으려 문을 닫아놓은 구둣방 안은 아닌 게 아니라 휘발유와 구두약 냄새가 뒤섞여 탁하기 짝이 없었다.

문을 약간 열었다. 열린 문틈으로 찬 공기가 스며들었다. 나는 마른 광목을 다시 팽팽히 손가락에 감고 물에 한 번 적셨다가 구두코부터 원을 그리며 서서히 문질렀다. 손길을 따라 약을 먹어 흐릿하던 구두가 반짝이며 광이 나기 시작했다. 구두 옆면과 뒤축, 구두굽까지 꼼꼼하게 닦았다. 광은 정직해서 손길이 가면 갈수록 더 투명한 빛을 발산했다. 광에도 품격이 있었다. 너무 번쩍거리면 어딘지 가벼워 보였고, 너무 무거우면 빛이 나지 않았다. 그 중간쯤, 너무 번들거리지도 않고, 너무 무디지도 않은 그 중간쯤, 딱 그 중간이 좋았다. 그때쯤이면 내 손길이 멈췄다. 그 중간 어디쯤을 사람들에게 이해시키기란 어려웠다. 그건 순전히 그간의 미립으로 얻어진 광이었고, 그래야만 광이 은은하고 오래갔다. 그리고 경박하지 않았다.

나는 말 없이 젊은이의 발 앞에 다 닦은 구두를 가지런히 놓고 구두주걱을 내주었다. 젊은이는 눈이 부시다는 듯 실눈을 뜨며 호들갑을 떨었다.

"와우! 광이 정말 판타스틱한데요!"

젊은이는 구두를 신고 이리저리 살피다가 안주머니에서 서류를 꺼내 보이며 조심스레 입을 열었다.

"저의 계획은 구두 타운을 짓는 겁니다."

젊은이의 목소리는 라디오 성우를 해도 손색없을 만큼 기름졌다. 가지런한 치아와 반듯한 이목구비는 텔레비전에 나온 아이돌 가수를 보는 듯했다.

"이게 그 설계도입니다. 1층엔 구두카페를 열고 앞쪽에 현대식으로 지은 구둣방을 여러 개 만들 겁니다. 한쪽 공간에는 사장님의 흉상을 세워 그 정신을 기리겠습니다."

계속되는 말에 나는 젊은이의 얼굴을 빤히 쳐다보며 물었다.

"구둣방이 타운이 되려면 건물을 지어야 하는데 그러면 이 거리를 벗어나겠다는 건가?"

"벗어나다니요? 여기는 사장님의 혼이 밴 곳인데 벗어나면 안 되지요."

"그럼 어떻게 한단 말인가?"

나는 궁금하다는 듯이 고개를 치켜들면서 젊은이의 대답을 기다렸다.

"바로 저기, 저 옆 건물을 사서 1층에 구두카페와 현대식 구둣방을 만들고 나머지 공간은 임대할 계획입니다. 사장님의 이 구둣방은 이대로 보존해서 전시할 생각입니다. 그리고 구두카페에서는 구두를 닦은 사람들에게 음료를 50% 할인한 가격으로 서비스할 겁니다."

젊은이의 어투가 자신에 넘쳤다.

"구둣방을 보존한다? 구두는 자네가 직접 닦으려나?"

미세하게 움직이는 얼굴 근육 하나도 놓치지 않겠다는 듯 나는 그를 찬찬히 바라봤다. 젊은이는 내 시선을 당당히 받아내며 대답했다.

"아닙니다. 저는 총괄 경영을 하고, 구두를 잘 닦는 사람을 공개 채용하려고 합니다."

"이 거리가 옛날에는 번화가였지만 관공서와 금융사가 다 이전하면서 지금은 구도심이 되어버렸네. 쇠퇴하고 있다는 말이지. 구두타운을 현대식으로 짓고 사람을 여러 명 채용하면 수지가 맞겠는가? 그리고 요즘 구두를 닦을 만한 사람을 여러 명 구할 수 있을까?"

"단순히 구두만 닦는 곳이 아니고, 관광명소로 만들 겁니다. 구둣방이 구두타운이 되는 역사를 사람들이 얼마나 흥미로워하겠습니까. 직업에는 귀천이 없고, 아무리 작은 구둣방에서도 성실하고 끈기 있게 일하면 백만장자가 나올 수 있다는 것을 보여주는 것입니다. 자발적으로 기술을 배우겠다고 오는 사람도 있을 것으로 저는 확신합니다."

젊은이는 결의에 찬 눈빛으로 나를 바라봤다. 물기를 머금은 눈매가 선했다. 패기와 자신감만으로 치면 그동안 만났던 다른 지원자와는 확연히 달랐다. 대학을 갓 졸업이나 했을까. 구두타운과 카페에 관광이라니 가히 파격적이다. 젊은이들이 취업난에 허덕여 나약해졌다는 말은 적어도 이 친구에겐 예외일 것 같았다.

"나는 흉상이니, 정신이니 이런 것에는 관심이 없네. 자네가 나의 후계자가 된다면 내가 가진 돈을 어떻게 쓸 것인지가 중요하지. 건물을 사고 구두타운을 열어도 내 보기엔 돈이 꽤나 남을 것 같은데."

나는 그에게서 시선을 거두어들이고는 합판으로 짜 만든 손님용 의자 밑에서 헌 신발 한 켤레를 꺼냈다. 오래전, 아주 오래전, 한 노신사가 맡기고 간 옥스퍼드 구두였다. 붉은빛이 도는 갈색의 가죽 구두는 잘 닦여 반짝거렸다. 주인의 발 모양대로 늘어진 구두였지만 바로 신어도 손색이 없을 만큼 멀쩡한 상태였다. 노신사는 구두를 맡기고 나서 찾으러 오지 않았다. 그가 어쩌면 세상을 떴을 수도 있겠다는 생각을 했지만 어느 날 불쑥 구두를 찾으러 올까봐 계속보관하던 터였다.

구두는 신는 사람의 습성대로 낡아가고 변형된다. 그러기에 구두는 사람을 닮는다. 이 구두는 노신사를 닮아 낡아도 정갈하고 말끔했다.

"이 구두가 어떤가? 누가 신었을 것 같은가?"

젊은이는 갑작스런 나의 질문에 난감한 표정으로 한참동안 구두를 이리저리 살펴보다가 대답했다.

"이 구두에 대한 답을 하라는 건가요? 아니면 사업계획에 대한 질문이신지?"

"허허! 둘 다일세."

젊은이는 안도한 표정으로 다시 자신감에 넘치는 어투로 얘기를 계속했다.

"먼저, 사업계획에 대해서 더 말씀드리겠습니다. 구두 타운은 사장님 이름을 딴 재단법인이 될 것입니다. 노벨상이라고 사장님도 들어보셨죠. 남은 자금은 재단법인에 출연해서 노벨상처럼 지속적인 사업으로 이어질 수 있도록 하겠습니다. 받는 것만으로도 가문의 영광인 그런 상을 만들어 사장님의 성공을 많은 사람들이 본받도록 할 생각입니다."

"허허허! 노벨상까지. 너무 과한 말일세."

노벨상을 들먹이는 젊은이의 상찬에 나는 멋쩍은 표정을 지었다. 젊은이가 다시 노신사의 구두를 집어 들고 한참을 이리저리 돌려보더니 다시 제자리로 내려놓았다.

"이 구두는 겉은 멀쩡한데, 너무 오래되어 신을 수는 없을 것 같습니다. 전시용이 아니라면 새 구두가 필요해 보입니다."

"새 구두가 필요해 보인다? 헌데 말일세, 어떤 사람들은 새 구두는 발이 아프다며 일부러 헌 구두만 골라 신는 사람도 있다네."

"그래도 이 구두는 너무 낡았습니다. 새 구두가 잠깐은 발이 아플지 몰라도 금방 길이 들고, 시대에 맞는 디자인과 빛깔로 교체되는 것이 대세입니다. 이런 구두를 신고 나갔다간 이상한 눈초리를 받을 게 뻔합니다."

나는 일단 이 젊은이를 최종 후보자로 올리기로 했다. 부동산 투기를 하겠다는 것이 아니어서 그나마 다행이었다. 계획이 좀 허망해 보이기도 하지만 돈을 죽이는 게 아니라 살릴 수 있는 방법을 말하는 것이 마음에 들었다.

"그런데 합격자는 언제 발표하실 건가요?"

"허허, 급하기는, 일단 돌아가서 기다리게. 합격이든 불합격이든 내 조만간 자네 구두를 한 번 더 닦아주겠네."

젊은이의 안색이 금방 어둡게 변했다. 구둣방을 나가다가 고개를 돌려, 구두 미용비를 내야 하지 않느냐고 물었다. 구두 미용비라는 말이 신선하게 들렸다.

"요즘 대기업에선 면접비를 준다고 하던데 면접비라고 생각하게나. 허허."

그가 허리를 깊이 굽혀 인사를 했다. 나는 가볍게 고개를 숙였다.

그동안 스물다섯 명이 면접을 치렀다. 연령층도 다양했다. 40억 원의 잔고가 찍힌 통장을 내걸고 구둣방의 후계자를 구한다는 광고를 신문에 낸 지 한 달이 지났다. 처음에는 장난전화가 걸려오다가 신문에 기사가 나가자 면접자가 몰려들었다.

후계자 면접과는 별개로 40억 원을 어떻게 벌었냐며 비결을 묻는 이도 많았다. 지원자 중에서는 40억 원으로 빌딩임대업을 해서 자산을 늘리겠다는 치들이 다수였다. 구둣방에서 구두를 직접 닦는다는 한 사내는 동종업계의 경험이 중요하지 않겠느냐며 자기를 후계자로 뽑아달라고 말했다. 그 사이 내 호칭은 고 씨나 아저씨에서 사장님으로 바뀌더니 어느 사이엔가 회장으로 승격이 돼 있었다. 회장님으로 초고속 승진을 했지만 그만큼 씁쓸했다.

광고와 기사를 본 단골손님들은 구두를 닦으러 와서 쭈뼛거리며 내 행색을 살폈다. 조심스럽게 정말 후계자를 구하는 것이 맞느냐고 묻기도 했다. 나는 그저 조용히 웃으며 구두를 좀 더 성심껏 닦았다. 그동안 오전과 오후 한 차례씩 빌딩을 돌며 구두를 수거했다. 그런 수고를 덜어주겠다며 손님들이 구두를 직접 들고 찾아오기도 했다. 후계자를 구하면 더 이상 얼굴을 못 보는 것 아니냐며 아쉬워하는 이도 있었다. 복지기금을 운영하는 이사장은 넌지시 자기 단체에 기부하는 것은 어떻겠냐며 한 번도 이야기하지 않던 복지재단의 구제사업과 장학사업에 대해 세세히 알려주기까지 했다. 갑자기 달라진 사람들의 태도와 관심에 피곤하다면 피곤했고 바쁘다면 바빴다.

그 사이 구둣방 안의 텔레비전과 라디오는 번갈아가며 한 재벌회사가 후계구도를 완성하기 위해 비상장회사를 상장하여 상속세 재원을 만들었다는 뉴스를 내보냈다. 또 다른 재벌회사에서는 형제간 후계싸움이 벌어지고 있다는 뉴스도 뒤를 이었다. 그런 뉴스가 들릴 때마다 기다리는 손님들의 입에서 쌍소리가 났다. 며칠 후 신문에는 재벌그룹의 후계싸움을 분석한 기사 사이로 조그맣게 나에 관한 기사가 나왔다.

    이색 후계자 공개 모집 - 50년 구두닦이, 외길로 번 돈 40억 원 어떻게 쓸 것인지 면접!

"이거 사장님 이야기 맞지요?"

신문의 기사를 가리키며 한 손님이 추궁하듯 말했다. 나는 부정도 긍정도 하지 않은 채 건성으로 신문을 훑어보고는 닦던 구두를 계속 닦았다.

"이야. 알고 보니 사장님 엄청난 부자시네. 40억이라니. 갑자기 땅이 솟구칠 일이네."

손님은 신문에 실려 있는 기사의 다음 구절을 소리 내어 읽었다.

나와는 전혀 무관한 이야기처럼 들렸다. 활자로 세상 사람들의 입에 오르내리는 순간, 그 이야기들은 부풀려지고 왜곡돼서는 더 이상 내 이야기가 아니었다. 그저 나는 오로지, 이 구둣방을 물려줄 누군가가 필요할 뿐이었다.

내가 처음부터 후계자를 구하려고 했던 것은 아니었다. 얼마 전 겨울이 봄으로 바뀌면서 심한 몸살감기가 찾아왔다. 수시로 열기와 한기가 갈마들더니 종내는 기력이 달려서 도저히 구두를 닦을 수 없었다. 오후 6시가 되기 전에 구둣방 문을 닫을 수밖에 없었다. 3월로 접어든 거리는 아직 스산하고도 쌀쌀했다. 51년간 사용한 손때 묻은 열쇠로 구둣방의 문을 잠그고 허리를 드는데 선뜩한 바람줄기가 바짓단을 타고 쑥 들어왔다. 차가운 기운에 몸이 저절로 떨렸다. 나는 그만 정신을 잃고 쓰러졌다.

눈을 떠보니 병원이었다. 구둣방 앞 화장품대리점 여사장이 걱정스런 눈으로 나를 내려다보고 있었다. 내가 깬 것을 보고 여사장이 두 손으로 내 왼손을 덥석 잡더니 호들갑스럽게 말했다.

"어머나 아저씨 살아나셨네."

여사장이 움직일 때마다 향수냄새가 진하게 풍겼다. 암전된 세상처럼 잠깐 정신을 놓쳤다 차린 나에게 그 향수냄새는 다른 때 같지 않게 생의 향기처럼 느껴졌다. 본능적으로 그 향을 따라 고개가 돌아가기까지 했다.

"무슨 일이 생긴 줄 알고 얼마나 걱정했는지 아세요? 어디다 연락해야 되는지도 모르겠고, 급하게 내가 보호자라고 하긴 했지만, 아휴. 생각만 해도 가슴이 다 철렁하네요."

그 소리가 마치 내가 행여 깨어나지 못하면 그 이후의 일까지 자신이 책임을 져야 하지 않을까, 적이 부담스러웠다는 고백으로 들렸다. 왼손은 여전히 여사장의 두 손에 잡혀있었다. 생각보다 손이 억셌다. 억셌지만 따뜻했고, 억센 만큼 또 든든했다.

"그러게. 일밖에 모르시더니. 내 이럴 줄 알았어요. 살아나신 것이 기적이라니까요"

살아났다는 말이 그처럼 생소하게 들린 적이 없었다. 왠지 그렇게 살아난 것이 기적이라고 호들갑을 떠는 여사장의 말이 서운하게도 들렸다. 안도감과 걱정이 교차된 목소리였지만 내겐 마치 죽어야 할 사람이 살아났다는 핀잔처럼 들려 나도 모르게 퉁을 놓고 말았다.

"내가 언제 죽었나?"

아차, 싶어 여사장의 표정을 살폈다. 그녀가 행여 들었을까봐 민망하고 미안했다. 다행히 목소리가 크지 않아 그녀는 듣지 못한 듯했다. 내 안에서 공명하다가 사그라지는 목소리에 나는 죽음이 내 곁에 가까이 다가왔음을 느꼈다. 그것은 어느 날 조용히 내게 다가와 속삭일 것만 같았다. 그만 이제 가자고……. 그렇게 가버리고 나면 구둣방만 덩그러니 남을 것이다. 모든 건물들이 사라지고 거리에 구둣방만 홀로 남아있는 모습이 환상처럼 떠올랐다. 사각형 컨

테이너 구둣방은 이내 하늘로 둥둥 떠올랐다. 구둣방 안에는 수의를 입은 젊은 내가 눈을 감은 채 의자에 앉아있었다. 나는 생각을 떨쳐내려고 고개를 흔들었다. 알 수 없는 조급증이 일었다.

그 조급증은 처음 구두통을 짊어졌던 어린 시절로 나를 데려갔다. 그 전의 기억은 없었다. 아무리 생각해보려 해도 사라진 기억들을 되살릴 수 없었고, 나는 주사위 게임의 주사위처럼 어느 거리에 던져져 있었다.

구두통을 멘 나는 구둣방이 있는 거리에 서 있었다. 도대체 어떻게 그런 기억이 있을까. 나를 낳은 부모도 있을 것이고 형제도 있을 것인데 혼자서 구두통을 메고, 벙거지 털모자를 쓰고, 얼굴엔 땟국이 흐르고, 팔꿈치가 해져 솜이 비집고 나온 점퍼를 걸치고는 거리에 홀로 서 있다니. 게다가 나는 열 한두 살쯤으로 보이는 소년의 얼굴이었다.

곧바로 보스의 지청구가 귀를 때렸다.

"인마야. 얼른 구두 거둬 안 오나. 그래갖고 어디 밥 묵고 살겠나. 싸게싸게 움직이그라."

나는 고층 건물을 뛰어다니며 구두를 모아오고 광나게 닦인 구두를 다시 사무실로 바쁘게 날랐다. 한바탕 수선스러움이 지나고 나면 구둣방 안에서 보스와 쪼그리고 앉아 배달음식으로 늦은 점심을 먹었다.

"구두약이 시커멓지만서도, 이기 마 광이 나는 거 아이가. 우리는 새카만 것을 광으로 만드는 사람인 기라. 니도 광나는 것 안 좋나?"

"지는 배 부르는 기 좋심더."

보스는 자장면을 한 볼테기 머금은 나의 뒤통수를 사정없이 갈겼다. 하지만 재빨리 입을 다물어 면발은 튀어나가지 않았다. 나는 아랑곳않고 후루룩 면발을 빨아들였다.

"인마야. 배 부르는 기는 암 것도 아닌 기라. 구두닦이가 마 광에 살고 광에 죽겠다는 맴이 없으면 이 짓 마 절대 못한다. 니는 마 고만 처먹고 광에 대해서 다시 생각하그라."

그 후 내 삶은 세 평 남짓한 구둣방 안에서만 흘렀다. 그 기억이 전부였다. 정부의 거리 미화정책으로 두 평의 구둣방이 구두미화센터라는 간판을 달고 세 평 정도로 넓어진 게 변화라면 변화였다. 내 삶이 두 평에서 세 평으로 넓어진 사이 나는 조금씩 키가 자랐고, 나이도 들었다.

구둣방은 구두를 신은 온갖 사람이 들고났다. 그만큼 많은 정보가 내게 전해졌다. 은행원과 증권맨, 부동산 중개사에게서는 투자에 대한 이야기를 들었고, 공무원들은 나라 돌아가는 소식을 전해주었다. 선거철이면 구둣방에 오는 손님들 이야기를 통해 어느 당이 이길 건지, 그리고 국회의원은 누가 될지 감을 잡을 수 있었다. 나는 한 곳에 자리를 지키고 앉아 구두를 닦았고 사람들은 이야기들을 가져와 내게 부려놓았다. 가끔 고급정보라는 판단이 서면 금융상품을 샀고 부동산 투자도 했다. 은행잔고가 조금씩 쌓이더니 꾸준히 늘었다. 구둣방이 세상의 전부인 내게는 돈을 벌어봐야 특별히 쓸 곳도 없었다. 들어오는 돈은 있고, 나가는 돈이 없으니 돈은 모이기만 했다. 한번 들어온 돈은 구를 때마다 눈덩이를 굴리는 것처럼 덩치가 커졌다.

  구둣방에 오면 가장 먼저 텔레비전과 라디오를 켰고 문을 닫을 때 껐다. 방송에서는 총 맞아 죽은 대통령 소식부터 우리나라 최초의 여성 대통령의 탄핵과 북한의 젊은 지도자와 정상회담을 추진한 대통령의 소식을 전해주었다. 최근에는 검찰총장을 하던 사람이 대통령에 당선되었다는 뉴스가 나왔다. 그 사이 수명이 다한 텔레비전과 라디오를 한 번 새로 바꿨을 뿐이었다. 한동안 돈 많은 재벌 회장이 심장마비로 쓰러졌다는 뉴스가 자주 들렸다. 그 사람이 죽기 전에 후계구도를 완성해야 한다며 한바탕 난리가 났다. 전문가들이 방송에 나와 증여와 상속의 유·불리를 따졌다. 죽음보다는 돈 이야기가 많았다. 곧이어 늙은 아버지를 사이에 놓고 형제간 후계 싸움을 하는 또 다른 재벌 이야기도 나왔다. 뒤이어 재벌 아버지가 죽자 남매간에 경영권 다툼이 벌어진 기업의 얘기로 떠들썩했다. 뉴스를 들으며 물려준다는 것은 곧 싸운다는 것과 같다는 생각을 했다. 이런 등식이 왜 성립하는지 쉽게 이해되지 않았다. 후계자들 간의 유리한 것과 불리한 것을 설명하는 사람들의 이야기가 내게는 아주 낯설었다.

재벌들의 상속뉴스가 요란하던 어느 날 방송국 기자가 나를 찾아왔다.

"사장님! 후계자를 구한다는 기사를 보고 취재차 나왔습니다."

깔끔하게 정장을 차려입은 여자였다. 바로 뒤로 카메라가 불쑥 따라 들어왔다. 나는 여자의 구두부터 보았다. 통굽의 하이힐을 신고 있었다. 광택이 없고 벨벳 같은 표면으로 보아 스웨이드 소재로 만든 구두였다. 스웨이드 구두는 여간해서는 간수하는 게 쉽지 않았다. 물에 약하고, 오염을 제때 제거하지 않으면 금방 곰팡이가 번식해 냄새가 났다. 여자의 구두는 새 것처럼 자잘한 보풀이 잘 살아있었다. 구두에서 정갈한 여자의 성격이 보였다. 베이지색 정장바지에 광택 없는 스웨이드 구두는 썩 어울렸다. 비로소 고개를 들어 여자를 바라보았다.

"실례가 되지 않는다면 40억 원을 걸고 후계자를 구하고 있다는 내용에 대해서 인터뷰를 하고 싶습니다."

그동안 만난 기자들은 당연히 내가 인터뷰를 할 것이라 여기고 불쑥 마이크나 녹음기부터 들이밀었다. 그런데 여자는 내게 조심스런 태도로 동의를 먼저 구했다. 내가 아무 말이 없자 여자가 고개를 깊이 숙여 인사를 건넸다. 나도 목례로 답하고 여자에게 앉으라는 손짓을 했다. 카메라 렌즈 위에서 붉은빛이 깜빡거렸다.

"일단 구두를 좀 벗어주겠소?"

여자가 잠시 망설이더니 미소를 머금고 구두를 벗었다.

"스웨이드군요. 관리를 아주 잘했네요."

"어머, 금방 알아보시네요. 방송국 근처의 구둣방에 종종 맡기거든요."

"허허, 아가씨는 좋은 구둣방을 만난 것 같소. 솜씨가 아주 깔끔합니다."

여자가 명함을 건넸다. 내게는 생소한 방송국의 경제부 기자라고 찍혀 있었다. 여자는 가족이 없느냐고 물었다. 거액의 유산이라면 가족에게 물려주면 될 텐데 공개적으로 후계자를 구한다니 좀 이상하다고 덧붙였다. 나는 결혼을 하지 않았고 가족 또한 없다고 말했다. 여자가 나를 유심히 쳐다보더니 불현듯 외롭지 않느냐고 물었다. 기자로서 묻는 질문치고는 느닷없었지만 나는 그 물음에 선뜻 대답하지 못했다. 잠깐 침묵이 흐르는 사이 나는 정말 외로움을 느꼈다. 그것이 딱히 외로움인지 정확하지 않았지만 한 사람이 그리웠다. 나는 천천히 의자에서 일어나 닦아놓은 구두를 꺼내 신었다. 한 발 앞으로 나서면서 기자에게 물었다.

"내 양복과 구두가 어째 잘 어울리는 것 같소?"

여자는 카메라에 손짓을 했다. 구두를 찍으라는 신호인 것 같았다. 여자가 내 질문에 답을 하지 않고 구두닦이가 웬 양복에 구두냐고 되묻는 듯 의아한 시선으로 나를 보았다. 나는 양복 입은 보스를 떠올렸다. 내게 양복을 선물하겠다고 약속한 보스였다. 그의 이목구비는 기억이 아스라했지만 양복에 구두를 신은 그의 실루엣은 뚜

렷했다.

보스는 큰 키에 호리호리한 체격이었다. 말하기를 좋아했고 목소리가 컸다. 구둣방에 오는 손님들과 얘기하는 것을 즐겼다. 손은 쉬지 않고 구두를 닦으면서 입 또한 놀지 않았다. 손님에게 묻고 또 물었다. 손님이 무엇이라도 질문하면 신나게 대답했다. 손님이 없을 때는 내게 말을 걸었다. 그 수많은 말들이 도대체 어떤 내용이었을까. 그건 기억에 없다. 다만 떠벌이기 좋아하는 보스 곁에는 역시 무엇인가를 말하려는 사람들로 넘쳐났다. 딱히 구두를 닦을 일이 없는데도 구둣방에 찾아와 수다를 떨다 가는 사람도 있었다.

보스는 낮에는 구두를 닦고 밤에는 반짝이게 닦아놓은 손님의 구두 중에서 제일 값비싼 것을 골라 신고 색주가에서 밤새도록 술을 마셨다. 사실은 술이 마시고 싶어서라기보다는 말을 하고 싶어서 색주가로 간 것 같았다. 말하고 술 마시고, 술 마시고 말했다. 색주가의 색시들은 보스의 말을 끊지 않고 잘 들어주었다. 말이 많기로는 보스나 색주가의 색시들이나 서로 뒤지지 않았다. 보스는 구둣방에 들고나는 사람들의 이야기를 했고, 색시들은 색주가를 들고나는 사람들의 이야기를 했다. 웃고 욕하고 비난하고 칭찬했다. 그런 날이면 보스는 어김없이 술독에 빠졌고 다음날 늦어서야 구둣방에 나오곤 했다.

단골손님이 많아지면서 보스의 색싯집 출입도 잦아졌다. 그만큼 자주 결근했다. 나는 보스가 어디에 사는지 가족이 누구인지 몰랐다. 그저 구둣방으로 출근해 건물을 돌며 구두를 가져오고, 보스가 없는 날이면 서툰 솜씨로 쉴 새 없이 직접 구두를 닦았다. 구둣방 바구니에 돈이 가득 찰 때쯤엔 보스가 나타나 돈을 가져갔다. 한 번은 색시를 데려오기도 했다. 색시는 짧은 치마를 입고 구두를 신은 채 구두통 위로 다리를 올렸다. 치마가 걷혀 올라가자 허벅지 사이로 빨간 꽃무늬 팬티가 빤히 내비쳤.

"삐까번쩍하게 한 번 닦아봐."

보스는 아이라며 놀리지 말라고 했지만 색시는 키득거리며 다리를 더 높이 들었다. 나는 눈을 치켜뜨다 말고 더 이상 위를 쳐다보지 못하고 구두를 닦았다. 그녀의 발등에 구두약을 칠하는 실수를 저질렀다. 그녀는 내 머리카락을 흩트리며 깔깔거렸다. 보스가 나타나지 않을 때는 가끔씩 그녀가 나타나 보스의 심부름이라며 돈을 가져가기도 했다. 보스가 내게 이 구둣방을 넘겨줄 수도 있으니 열심히 일하라고 그녀는 말했다. 그 말을 믿지는 않았지만 보스가 있든 없든 나는 열심히 일했다. 구두를 닦는 것이 재미있었고, 특히 구두에 광을 내는 일이 즐거웠다. 그것이 보스와 나의 공통점이었다. 보스는 종종 광을 낸 구두코에 자신의 얼굴을 비쳐보곤 했다. 내 얼굴도 비쳐보라고 했다. 거울처럼 선명하게 얼굴이 비치면 구두가 잘 닦인 거라고 했다. 구두코만이 아니었다. 구두 옆, 앞, 뒤 굽까지 보스는 구석구석 문지르고 비볐다. 어쩔 땐 무슨 숙명처럼 광이 날 때까지 집중했다. 땀방울이 광 난 구두코에 똑 떨어져 또르르 굴러 떨어지는 때도 있었다. 그런 보스를 볼 때 나는 뭔지 모르는 숙연한 기분이 들기도 했다.

  술독에 빠져서 구두를 닦을 수 없는 날들이 많아지자 보스는 본격적으로 내게 구두 닦는 법을 가르쳐주었다. 그러다가 어느 날부터 그는 구둣방에 나타나지 않았다. 하루 이틀 사흘이 지나도 그는 나타나지 않았다. 그런 날이 1년이 지나고, 10년이 지나고 50년이 지났다. 그 색시랑 야반도주라도 한 것일까. 고백하자면 이 세 평 남짓한 구둣방의 주인은 그러니까 보스였다. 거리를 떠도는 나를 구둣방으로 데리고 와서 밥을 사주고, 달방을 얻어주고 구두 닦는 법을 가르쳐주었던 보스가 내게 물려준 것이었다. 물려준다는 말은 없었지만 나를 구둣방에 두고 그가 사라져버렸으니 자연스레 내가 맡은 격이었다. 그가 주인이었고 나는 종업원이었다. 종업원이 구둣방을 물려받았으니 기업으로 치면 나는 전문경영인쯤이나 될까. 그런 생각을 할 때면 괜히 어깨가 으쓱거려졌다. 처음엔 그를 기다렸다. 어디서 술에 빠져, 색시에 빠져 숱한 말을 쏟아내며 외로움을 달래고 있겠지만 언젠가 나타나리라 믿었다. 구둣방을 잘 지키면 보스가 나타나 어따 이노므 자슥 잘 꾸려놨네, 하고 칭찬해주기를 기다리던 세월이 흘렀다. 나는 언제부터 그 보스를 잊어버렸을까. 스스로 내 인생의 보스가 되어주겠노라며 자신을 보스로 부르라던 그였다. 그가 보고 싶었다. 나에게 가족이라고 한다면 보스를 빼고는 누구도 없었다.

보스가 색주가를 드나들면서 술에 절어 구두를 닦아놓지 못한 날이면 이른 아침 구두를 찾으러 온 손님들이 엄청나게 화를 냈다. 그날은 덩달아 나도 손님에게 혼이 났다. 그런 날이 반복되자 보스는 내 손을 잡아끌어 자기 곁에 앉혔다. 구두통 위에 구두 한 짝을 올리더니 침을 연거푸 뱉으며 잘 보라며 큰 목소리로 말했다.

"이기 마 더럽다고 하는 치들도 있지만서도 구두는 마, 침으로 닦아야 광이 잘 나는 기라."

정말로 손님들 중에는 꼭 침으로만 광을 내달라고 말하는 이가 많았다. 다만 구두 안으로 침이 들어가지만 않게 하라는 당부를 했다. 보스는 구두가 많이 밀릴 때면 침이 고이지 않는다며 투덜거렸다. 그러다 좋은 생각이 났다며 사발 하나를 내게 내밀었다.

"입에 침이 고일 때마다 여그에 뱉그라 잉."

내게 일이 하나 더 생겨났다. 건물을 오르내리며 구두를 모아오는 일과 침을 모으는 일. 나는 가끔씩 내가 아는 단골손님들에게도 침을 뱉어달라고 했다. 어느새 침으로 구두를 닦는 보스의 구둣방은 광을 가장 잘 내는 구둣방으로 소문이 났다. 거리에 구둣방이 서너 개 있었지만 보스에게 단골손님이 제일 많았다. 어떤 손님은 보스에게 구두를 닦으면 광이 오래가는데 다른 곳은 그렇지 않다고 불평했다. 보스는 더 신이 나서 침을 뱉어가며 손을 재게 놀렸다. 지금 와서 생각해보면 침으로 구두를 닦는 게 무슨 특별한 비법일 수는 없었다. 다만 침의 점액성분이 완전히 사라질 때까지 구두를 문지르는 횟수가 많아진 것이 다른 점이긴 했다. 그만큼 광이 더 잘 났던 것이다.

보스는 말끔한 양복을 입고 구두를 닦았다. 넥타이까지 반듯하게 맨 차림에 반짝거리는 구두를 신고 침을 퉤퉤 뱉어가며 구두를 닦는 모습이 어린 내게는 그렇게 멋져 보일 수 없었다. 양복 입은 그에게 엄지를 치켜 올리는 사람도 더러 있었다. 보스가 구두를 닦으며 말하곤 했다.

"구두란 말이여. 잘 안 보이는 것 같지만 남자를 가장 앗싸리하게 맨드는 악세사리인 기라. 구두가 지저분한 사람치고 잘 나가는 사람 절대 없는 기라. 삐까번쩍하더란 말 들어봤제. 사나이가 삐까번쩍하려면 반짝반짝 광 나는 구두가 기본인 기라."

그러다 침을 퉤 뱉으며 또 말했다. 뱉어진 침이 구두에 퍼지고 광목천이 지날 때마다 광은 더 살아났다.

"인마야! 니도 마 내가 양복 한 벌 사주꾸 마. 구두닦이가 양복을 입지 않으면 구두의 참맛을 알 수가 없는 기라. 앞으론 구두를 닦고 나서 꼭 신어 보그래. 광이 양복 바짓단 밑에서 번쩍번쩍 살아나지 않으면 마 구두 다시 닦아야 하는 기라."

보스의 말을 이해하지 못했지만 양복을 사준다는 말에는 귀가 번쩍 띄었다. 결국 보스는 양복을 사주지 못하고 사라졌으나 구두를 닦고 나서 신어볼 때면 보스가 한 말을 어렴풋이 이해할 것 같았다. 대부분 검은색이거나 밤색인 구두빛깔은 어둠을 담고서도 삐까번쩍하게 빛을 발하며 양복바지 밑에서 스스로 존재감을 과시했다. 간혹 구두를 신지 않고 양복에 운동화를 신은 사람이 구둣방 앞을 지나갔다. 그걸 보고 보스는 혀를 끌끌 찼다. 나도 따라 혀를 찼다.

"구두와 양복은 세트인 기라. 세트!"

보스는 힘주어 말하며 구둣솔을 더 힘껏 문질렀다. 광으로 번들거리는 구두를 바라보는 보스의 눈빛은 구두코에 비친 백열전등만큼이나 반짝였다.

"양복을 받쳐주지 못하는 신발은 이미 신발이 아닌 기라. 양복에는 삐까번쩍한 구두라야만 제격인 게지."

나는 그때 구두와 양복이 세트라는 말을 이해했다. 양복만 입었다고 신사가 되는 것은 아니었다. 양복에 걸맞은 광 나는 구두를 신었을 때라야 비로소 신사가 되는 것이었다.

그런데 나는 보스를 언제부터 기다리지 않게 된 것일까. 그리고 왜 그를 기억에서 잃어버렸을까. 내 안에 어쩌면 보스가 영원히 나타나주지 않기를 바라는 욕망이 자라고 있었던 것은 아니었을까. 맹세컨대 그런 마음을 가진 적은 단 한 번도 없었다. 자연스레, 정말 자연스레 내가 보스를 닮아가면서 그를 기억에서 잃어버린 것이라 해야 옳다. 손님들이 그랬다. 내가 보스처럼 양복을 입고 구두 닦는 것을 보고는 배우긴 제대로 배웠다고 했다. 한 가지 다른 것이 있다면 나는 보스처럼 많은 말을 하지 않았다. 말을 하지 않다 보니 손님들이 내게 말을 걸었다. 보스는 말하고 또 말했으나 나는 듣고 또 들었다. 변하지 않은 것은 구둣방에 언제나 얘기가 넘쳐났다는 것이다. 사람들이 쉬지 않고 드나드는 구둣방. 얘기가 넘쳐나는 구둣방. 보스가 내게 물려준 위대한 유산이었다.

재벌회장이 위독하다는 뉴스가 자주 들렸다. 그때마다 구둣방에 들른 회사원들 입에서 주가에 대한 정보가 춤을 췄다.
"하, 고마 회장 목심이 우리를 들었다 놨다 하는구먼."
그들은 기업지배구조개선주라 불리는 테마주에 투자했다고 말했다. 회장이 위독하다고 하면 주가가 껑충 뛰었고, 건강이 호전되었다 하면 주가는 곤두박질쳤다. 회사원들이 구두를 닦을 때마다 재벌 회장은 수십 번도 더 죽어야 했으나 죽었다는 뉴스는 끝내 나오지 않았다. 그 사이 재벌그룹은 지배구조개선을 위해 연일 다른 뉴스를 쏟아냈다. 주요 계열사를 합병하고, 어떤 회사는 팔았다. 정말로 무슨 구조를 바꾸긴 바꿀 모양이었다. 회장이 죽었는데 발표를 하지 않는다는 루머도 돌았다. 결국 굴지의 그룹은 회장 사후의 후계구도를 완성하기 위해 그룹의 맨 정점에 있다는 비상장 회사를 상장하는 데 성공했다. 순식간에 엄청난 상장 차익이 발생했다는 보도가 줄을 이었다. 그렇게 한바탕 회오리처럼 재벌그룹의 후계구도가 완성되고 막을 내렸다. 나는 뉴스를 들으면서 재벌그룹에서는 후계자에게 무엇을 물려주는 것인지 궁금했다. 시간이 흐르면서 재벌그룹의 후계구도는 간간히 뉴스에 오르다가 이내 다른 뉴스에 묻혔다.

어쩌면 후계구도라는 말이 내 맘을 움직인 것인지도 몰랐다. 내게 보스는 구둣방을 물려주었고 구두 닦는 법을 물려주었다. 삐까번쩍한 구두에 대해서도 말해줬다. 구두와 양복이 세트여야 한다고도 각인시켰다. 광에 미쳐야 한다고도 했다. 나는 보스가 어쩌면 아직까지 어딘가에 살아있어 나를 지켜볼지도 모른다는 생각을 했다. 그 색시와 살림을 차리고, 아이를 낳고, 더 이상 구두를 닦지 않아도 되는 직업을 가졌을지도 모를 일이었다. 그래서 한 번은 꼭 만나고 싶었다. 후계자를 구한다고 광고를 내면 혹 보스가 나타나지 않을까 싶었다. 내가 구둣방을 잘 꾸려가고 있는지 보스처럼 내가 닦은 구두가 사람들을 삐까번쩍하게 하는지 그에게 물어보고 싶었다.

후계자를 구한다는 구둣방 소식이 지방신문을 넘어서 중앙지에도 보도되자 여기저기 방송국에서 취재요청이 빗발쳤다. 나는 모든 취재를 거절했지만 기자들은 자기들 맘대로 나를 찍어 신문에 싣고 방송에 내보냈다. 어떻게 알았는지 면접을 본 사람들을 찾아내 인터뷰 기사를 싣기도 했다. 아이돌 가수를 닮은 젊은이의 인터뷰도 보도되었다.

"구둣방 사장님이 제 구두를 닦아주었습니다. 최고의 솜씨였습니다. 저는 그 솜씨를 그대로 이어받을 청사진에 대해서 말했습니다.

지금 합격 여부를 기다리고 있습니다."

"아마도 사장님이 돈을 번 것은 사장님 복장 때문이 아닌가 싶습니다. 양복을 입고 구두를 닦는 구두닦이는 없잖습니까? 사장님이 양복을 차려입고 구두를 닦기 때문에 신기해서라도 사람들이 많이 찾는 것 같았습니다. 그런 면에서 보면 사장님은 타고난 마케팅의 대가입니다."

복지재단 이사장도 인터뷰 대열에 끼었다. 그는 나에 대해 극찬을 늘어놓았다.

"그 어르신은 성실함의 표본입니다. 지금까지 한 번도 구둣방 문을 닫는 걸 보지 못했습니다. 구두를 닦는 것도 달인의 경지입니다. 그 어르신이 닦은 구두는 거의 일주일간 광채를 잃지 않습니다. 사실 저는 그 어르신이 평생 모은 돈을 큰 뜻에 쓰리라고 진즉부터 예상하고 있었습니다. 말하자면 우리 복지재단과 같은 곳에 기부하는 것도 합당한 후계자를 찾는 일이 아닐까 생각합니다."

이사장은 평소 나를 고 씨라고 불렀는데 후계자 기사가 나간 후로 나를 고 사장으로 불렀다. 그는 인터뷰에선 나를 다시 어르신이라고 부르고 있었다. 면접에 왔다가 구두를 닦아준다는 제의를 거절하고 갔던 한 중년의 남자는 내가 어떻게 그렇게 큰돈을 벌었는지 의혹을 제기했다. 나에게 정말로 은행에 그만한 돈이 있는지 공개적인 확인을 해야 믿을 수 있다고 했다. 나의 나이를 들먹이며 어쩌면 노인이 치매로 그런 얼토당토않은 이야기를 꾸며낸 것일지도 모른다고 말했다.

　방송에서는 양복을 입은 채 웃으며 구두를 닦는 나를 찍어 방영했다. 경제부 기자라고 명함을 건넸던 여자는 외로운 노인이 사람을 찾는다고 보도했다.

　"평생을 세 평 구둣방에서 지낸 노인이 전 재산을 걸고 사람을 찾고 있습니다. 후계자를 구한다고 하지만 기자가 보기에 노인은 자신에게 가족이 될 사람을 찾고 있는 것처럼 보였습니다. 노인은 젊은 시절 주먹세계에 몸담았습니다. 그러나 모든 것이 허망하다는 것을 알고 뒤늦게 조직에서 은퇴해 은둔한 채로 마음을 닦듯 구두를 닦았습니다. 당시 그가 은퇴할 수 있도록 도와준 보스가 살아있다면 꼭 한 번 보고 싶다는 바람을 전했습니다. 평생을 세 평 구둣방 안에서 세상에 속죄하는 마음으로 살아온 노인. 그가 이제 자기의 여생을 함께할 가족을 찾고 있습니다."

　보스가 보고 싶다고 했던 나의 이야기를 그녀는 조직으로 이해했던 것일까. 그날 나는 그녀의 구두 관리가 잘 되었다고 말했다. 후계자에 대한 이야기보다, 외롭지 않느냐는 질문에 보스가 보고 싶다고만 했다. 그녀는 조직에 몸담았느냐고 물었다. 나는 아무 말 없이 그저 붉은빛이 깜박거리는 카메라를 바라보았다. 그때 구두를 맡긴 손님이 들어왔고, 인터뷰는 끝이 났다.

　몇몇 언론사의 취재요청은 집요했다. 거절했지만 수시로 찾아왔다. 나는 그들의 구두를 말없이 닦아주는 것으로 인터뷰를 대신했다. 그들은 그 모습을 찍었고 기사로 내보냈다. 단체로 학생들이 찾아왔다. 스마트폰으로 양복 입은 나를 찍었다. 내 곁에 서서 브이자를 그리는 녀석들도 있었다. 학교를 졸업하면 구두닦이가 되겠다고 말하는 아이들도 있었다. 나는 그저 웃을 수밖에 없었다. 조용하던 내 삶에 그동안 방송에서나 나왔을 법한 일들이 수시로 일어났다. 무슨 재단이라며 찾아와 자신들이 하고 있는 일을 홍보하며 도움을 요청했다. 수없이 많은 자선단체 관계자들이 간곡하게 후원을 해달라고 말했다. 깍두기 머리를 한 건장한 청년들이 몰려와 단체로 구두를 닦기도 했다. 형님이라고 부르며 내게 머리를 조아릴 때는 기가 찼다. 후계자를 구하기도 전에 무슨 사단이 날 것만 같아 괜한 짓을 했다는 후회가 밀려왔다.

　쓰러지고 난 후부터 계속해서 몸 상태가 좋지 않았다. 병원에선 고혈압에 빈혈까지 있다며 식사에 신경 쓰라고 했다. 혼자 지내다 보니 식사를 거를 때가 많았다. 손님들의 시간을 맞추다 보면 식사 시간도 들쭉날쭉 했다. 내게 스트레스가 있을 리 없었지만 신경성 피로도가 높게 나온다고 의사는 말했다. 내가 신경 쓰는 것이라고는 입고 있는 양복이 후줄근해지지 않도록 자주 다림질을 하는 것이었다. 하나 더 있다면 구두를 삐까번쩍하게 닦는 일이었다. 손님의 구두는 당연한 것이었고 내 구두 또한 언제나 반짝거리게 닦았다. 보스가 내게 물려준 습관이었다. 아주 단순했지만 구두닦이에게는 가장 중요한 일이었다.

마지막으로 다음날 아침에 찾으러 올 구두를 닦아놓자 시간이 8시가 넘었다. 피로가 몰려왔다. 따뜻한 목욕이 하고 싶었다. 집으로 걸어가는 동안 면접을 보았던 젊은이를 생각했다. 패기만만하고, 돈을 허투루 날려버릴 것 같지는 않았다. 그를 다시 만나면 보스에 대해서 이야기해야겠다고 생각했다. 나와 보스의 관계를 그가 어떻게 이해할까.

골목길로 들어서자 가로등 불빛이 사라지고 사위가 어두웠다. 휴대폰에서 젊은이의 전화번호를 찾으러 호주머니에 손을 넣는 순간 뒤통수에서 퍽 소리와 함께 엄청난 충격이 전해졌다. 뒷목이 뜨끈해지면서 끈적끈적한 것이 목덜미를 타고 흘렀다. 나는 손을 뒷목으로 가져가려다가 휘청거리며 쓰러졌다. 왁살스런 손이 달려들어 입을 가로막고 목에 칼을 들이댔다.

"영감! 좋게 말할 때 통장과 도장 내놓으시지."

일부러 비튼 것 같은 낮고 굵은 목소리였다. 모자를 눌러쓰고 마스크를 쓴 얼굴이 가물거리며 시야에 어른거렸다. 눈빛이 유난히 빛났다. 어디서 본 눈빛임이 분명했다.

뒷골이 욱신거려 눈을 떴을 때 테이프로 발과 손이 묶이고 입에 재갈이 물린 노인이 시야에 들어왔다. 눈을 깜박거리며 감았다가 다시 떴다. 거울로 된 벽에 비친 사람은 나였다. 나는 낯선 이를 보듯이 거울 속의 나를 한동안 쳐다보았다. 뒤통수에 통증이 느껴졌다. 그제야 상황판단이 되었다. 누군가에게 얻어맞고 쓰러졌던 기억이 떠올랐다. 선득하니 날이 선 칼도 기억났다. 목에 손을 대려 했으나 손이 묶여 움직일 수 없었다. 창문에 커튼이 처져 있었지만 빛이 스며들어 방 안은 둘러볼 수 있을 정도였다. 어림잡아 해가 뜨고도 한참은 지났을 시간이었다.

지금쯤 구둣방 문을 열어야 했다. 자동차 회사와 보험사 영업사원들의 구두가 이 시간쯤에는 전부 배달되어야 했다. 그들은 구두를 서너 개 맡겨놓고 가장 삐까번쩍한 구두를 신고 거리로 나섰다. 구두로 말을 하는 사람들이었다. 나는 단골을 잃을 것 같아 불안했다. 몸을 꿈틀거려 보았으나 단단히 묶인 손과 발을 어떻게 할 도리가 없었다. 소리를 내보려 했으나 입이 떨어지지 않았다. 거울을 보니 테이프가 입에 붙어 있었다.

나는 눈을 감았다. 그때 어디선가 소리가 들렸다.

"영감! 일어났나? 거울을 한 번 보지. 영감이 어떤 상태인지는 알겠지. 지금부터 내가 질문하는 것에 맞으면 고개를 끄덕이고 그렇지 않으면 고개를 가로저어. 알았나?"

나는 고개를 끄덕였다.

"물려줄 돈이 40억이란 게 사실인가?"

나는 고개를 끄덕였다.

"그걸 후계자에게 정말 다 넘겨줄 건가?"

나는 고개를 끄덕였다.

"그럼 당신 목숨과 그 돈을 바꿀 수 있나?"

나는 망설임 없이 고개를 가로저었다.

"그럼 당신은 여기서 죽을 텐데 그래도 괜찮아?"

나는 이번에도 곧바로 고개를 끄덕였다.

그 질문을 끝으로 한참 시간이 흘렀는데도 더 이상 목소리가 들려오지 않았다. 방 안은 고요로 가득 찼다. 얼마나 시간이 더 흘렀을까. 목소리가 맥이 풀린 듯 물었다.

"후계자를 결정했나?"

나는 잠깐 망설였다. 젊은이를 떠올리며 이내 고개를 끄덕이려다가 천천히 고개를 가로저었다. 나는 묶인 채로 밤을 샜다. 몸이 불편했지만 그런대로 잠을 이룰 수 있었다. 처음엔 공포가 몰려왔지만 목소리가 목숨과 돈을 바꿀 수 있느냐 물었을 때부터 마음이 편해졌다. 내가 40억 원이라는 거금을 걸고 후계자를 찾는다고 광고를 냈을 때, 나는 후계자를 찾을 수 없을지도 모른다는 불안에 휩싸였다. 누가 구두닦이의 후계자가 되겠는가. 돈 말고 물려줄 것이 나에게 있을까. 내 불안은 그것이었지만 어쩌면 적절한 후계자가 나타날지도 모른다는 희망도 가졌다. 불안과 희망이 교차했다.

젊은이는 면접 후에도 여러 번 나를 찾아왔다. 자기가 후계자가 되지 않아도 좋으니 구두닦이로 40억 원을 모은 비법을 알려달라고 말했다. 나는 그가 올 때마다 구두를 정성껏 닦아주었다. 그는 끝내 내게서 40억 원을 모은 비법을 듣지 못했다. 마지막으로 그가 내가 닦아준 구두를 신고 나서면서 말했다.

"구두를 이렇게 닦으라는 건가요?"

나는 그저 웃어주었다. 그는 고개를 갸웃거리더니 돌아갔다.

밖에서 거세게 문을 두드리는 소리가 들렸다. 대답이 없자 문이 부서지면서 경찰이 들이닥쳤다. 경찰은 주위를 경계하다가 나를 발견하고는 서둘러 입의 재갈과 묶인 손발을 풀어주었다. 나는 그만 맥이 풀려 침대 위로 쓰러졌다.

병원 침대에서 깨어났을 때 보스가 나를 내려다보고 있었다. 신기하게 보스는 하나도 늙지 않는 모습으로 줄무늬 양복에 삐까번쩍한 구두를 신고 있었다. 내가 눈을 뜨자 무어라고 큰소리로 말했다. 그러나 그의 입모양만 보일 뿐 소리는 들리지 않았다. 다시 눈을 한 번 깜박이자 보스는 사라지고 경찰이 나를 내려다보고 있었다.

"용의자를 기억하시겠어요?"

나는 빛나던 눈빛을 떠올렸다. 그리고 천천히 입을 열었다.

"혹시 보스를 아십니까? 삐까번쩍한 보스 말입니다."

# 청바지

# 청바지

• • •

　길거리 좌판에서 판매하는 만 원짜리 청바지를 샀다. 계획하지 않은 충동구매 같은 것이었다. 점심을 먹고 사무실로 돌아오는 길에 전에 없던 리어카 좌판이 보였고 그 위에 펼쳐진 유난히 파란 청바지가 눈에 들어왔다. 청바지를 보면서 나는 지난 여름에 카페리호를 타고 제주여행을 갔을 때, 배를 따라 새처럼 날아올랐다가 바다 속으로 자맥질하던 날치 떼를 떠올렸다. 그 날치 떼와 좌판 위에 일렬로 펼쳐진 청바지는 아무런 연관도 없었다. 나는 무엇에 홀린 듯 양복 안주머니에서 지갑을 꺼냈다. 돈을 건네다가 날치 떼가 날던 제주해의 바다가 짙푸른 청색이었음을 기억해냈다. 어쩌면 함께 여행한 아내와 딸이 청바지를 입었던 것도 같다. 좌판 아저씨가 청바지를 들어 봉투에 담으려는데 청바지에서 청색물이 금방이라도 뚝뚝 떨어질 것만 같았다. 나는 누가 혹여 볼까 주위를 둘러보고는 얼른 돈을 치르고 청바지를 검은 봉투에 담아 양복 안쪽으로 숨겼다. 사무실에 들어와서도 좌우 눈치를 살피며 가방 속으로 재빠르게 청바지를 쑤셔 넣었다. 손바닥에 식은땀이 살짝 배어났다.

그런 나의 행동을 자각하자 피식 웃음이 터져나왔다. 좌판에서 청바지를 산 것이 뭐 그리 잘못한 일도 아니었다. 내 행동이 스스로 계면쩍어서 책상 위에 손을 올려놓고는 크게 숨을 들이마시며 쓱 객장을 둘러보았다. 큰 변동 없이 아침부터 횡보하고 있는 시황이 지루했는지 졸고 있는 고객들만 보일 뿐 내가 점심식사 후에 길거리 좌판에서 싸구려 청바지를 샀을 거라고 추측하는 이가 있을 리 만무했다. 눈웃음이 부담스러운 이나영 씨가 둘러보는 나의 눈빛을 고스란히 받았다. 얼른 외면을 했지만 그녀는 쪼르르 곁으로 다가와 상담용 의자에 앉았다.

"과장님은 매번 혼자 점심을 드시나 봐요? 제가 점심 한 번 살게요."

"아뇨! 제가 한 번 대접해야 하는데……."

"어머! 정말요? 언제 사실 건데요?"

아차, 싶었지만 평상시와 다르게 청바지 때문에 긴장했던 탓일까. 무심코 건넨 답변 때문에 오늘 오후장에는 이나영 씨의 수다를 다 들어야 할 것만 같았다. 이나영 씨는 30대 후반의 미시 고객이었다. 지방도시 변두리에 있는 우리 증권사 객장에는 전국의 모든 증권사에서 철거한 전광판이 아직 사라지지 않고 있었다. 고객이 대부분 고령층인 이유도 있었지만 몇몇 큰손 격인 고객들이 본사에 전광판을 극구 없애지 말라는 민원을 넣은 탓도 있었다. 본사에서도 전국에 하나쯤은 전광판을 운영하는 점포가 있다는 것이 홍보 가치가 있다는 판단을 한 것 같았다. 실제로 우리 지점은 학생들이 견학을 오기도 하고, 간간이 언론사의 취재가 들어오기도 했다. 한마디로 골동품 같은 지점이 되었다.

이나영 씨는 이런 점포에 어울리지 않는 세련된 분위기를 풍겼다. 당연히 객장의 고객들 사이에서 인기가 많았다. 짙고 또렷한 화장에 물결처럼 흘러내린 머릿결 사이로 삐죽 튀어나온 커다란 흰색 원형귀걸이는 그녀의 화사한 성향을 잘 드러내 주었다. 게다가 아직 팽팽한 얼굴과 170cm가 넘는 키에 짧은 반바지나 미니스커트를 즐겨 입었다. 시내에서 큰 일식집을 경영했다는 소문이 돌기도 했다. 객장에는 주로 공직이나 공사를 퇴직한 60~70대의 남성고객이 많았다. 돈 있고 시간도 많은 그들에게 그녀와 비슷한 또래의 그녀 친구들은 언제나 인기가 많아 서로 점심을 사려고 했다. 그녀를 전담하는 담당 PB가 따로 있었지만 그녀는 객장의 모든 PB들에게 인사성이 밝았다. 어쩌면 그렇게 해서 얻어 들은 정보로 자신만의 포트폴리오를 짜는 영악한 투자자인지도 몰랐다. 나에게도 가끔씩 종목상담을 요청하거나 때로 살살거리는 눈웃음을 건네며 다가왔지만 애써 무표정하게 사무적으로 대했다. 도발하는 여인에겐 항상 가시가 있다고 나는 생각했다. 언제 그것이 뾰족하게 정체를 드러내고 상처를 입힐지 몰랐다.

　증권사 객장의 PB들은 동료이면서도 경쟁하는 사이였다. 아침마다 지점장 주재 하에 종목회의와 정보교류를 했지만 나오는 이야기는 형식적이었다. 누구도 아침회의에서 나온 종목을 가지고 매매하지 않았다. 저녁에 증권방송에 나왔거나 경제신문의 한 자리를 차지한 정보를 대단한 것인 양 짜깁기해서 말할 뿐이었다. 자기가 담당하는 고객이 다른 PB와 친하게 지내면 겉은 평온했지만 내심 불안해했다. 언제 그 고객이 다른 PB와 거래하겠다고 돌아설지 몰랐다. 그러니 서로 정보를 나누어서 지점을 위해 살신성인하는 태도를 기대한다는 것은 지점장의 탁월한 리더십이 아니라면 어려운 게 증권사 지점영업이었다. 그럼에도 자신이 담당하는 고객을 상담할 때에는 최선을 다해야만 증권사에서 살아남을 수 있었다. 자기 고객에게마저 방송에서 누구나 들을 수 있는 허접한 정보를 말할 수는 없었다.

　고객의 입소문은 제트기보다 빨랐다. PB가 말한 종목이 족집게라거나 별 볼일 없다거나 어느 쪽이든 낙인찍히는 데는 상담 후 며칠 이내면 족했다. 그런 평판에 오르내리는 게 싫어서 나는 객장고객들과는 거의 상담을 하지 않았다. 관리자 등록이 되지 않은 내방고객이 상담을 요청하면 정중하게 담당 PB에게로 돌렸다. 종목에 대한 소소한 의견마저도 말하지 않는 나를 두고 객장고객 사이에서 설왕설래 말이 많았다. 실력이 없다거나 고객을 무시한다거나 그도 아니면 증권사 직원이 맞는 거냐며 따지는 이들까지 있었다.

지점장이 고객에게 좀 친절하라고 넌지시 충고까지 했다. 그러나 발령 후 6개월이 지나지 않아 나는 신비스러운 PB라거나 진중한 PB로 고객들에게 자리매김했다. 개별적으로 객장고객과는 상담을 하지 않았지만 매월 1일에 있는 전체 고객을 대상으로 하는 시황설명회는 준비를 단단히 했다. 기업을 직접 탐방하거나 유료 리포트를 분석해 자료를 만들었고 프리젠티이션도 여러 번 연습했다. 고객에게 배포할 자료는 장황하지 않게 페이퍼 2장짜리로 요약했다. 메시지는 간단했지만 그런 결론이 나온 배경과 근거를 설명회를 통해서 집중적으로 강조했다. 물론 최종 선택은 고객이 해야 함을 빼놓지 않고 덧붙였다. 고객들은 그 정도만으로도 나를 다르게 인식했다.

객장에 나오는 고객치고 주식시장에서 수익을 올리는 사람은 드물었다. 매 시간 매 분 오르내리는 주식시세를 보고 있노라면 대부분 조바심에 못 이겨 사고팔기를 반복했다. 그것이 전광판의 폐해이기도 했지만 컴퓨터나 모바일에 익숙하지 못한 투자자들이 전광판이 있는 지점이 있다는 소문을 듣고 지점으로 몰려왔다. 그들은 재무구조를 분석해서 성장성이 좋은 종목을 사놓고 진득하니 기다리지 못했다. 그러니 단기매매에 길들여지고, 오늘 사서 당장 오를 종목만을 선호했다. 한편으론 수십에서 수백만 원을 주고 사설정보 업체에 가입해 종목을 추천받기도 했다.

그런 개인들의 매매심리가 실패를 부른다고 설명하면, 바로 자신들의 이야기였기 때문에 쫑긋 관심을 기울였다. 여기에 단기간 등락을 반복하는 종목과 진득하지만 중장기로 실적을 내면서 오르는 종목을 차트를 통해 비교해주면 숙연해졌다. 자신들이 얼마나 바보처럼 투자를 했는지 깨닫기라도 한 것처럼 여기저기서 한숨이 터져 나왔다. 그때 중장기 투자를 통해 수십 프로대의 수익을 내고 있는 계좌 서너 개를 실명만 가린 채 증거로서 보여주면 그들은 경악을 넘어 내게 존경을 표하기까지 했다. 관리자를 바꿀 수 없느냐며 조용히 접근하는 고객도 있었다.

　설명회가 끝나고 나면, 증권사 PB가 단순한 브로커가 아닌 전문가임을 인정한다는 표정이 역력했다. 때마침 증권방송에서도 한참 텐베거 종목에 대한 사례를 많이 다뤘다. 인생을 바꿀 만큼 10배 이상씩 오른 종목은 손만 뻗으면 곧 잡힐 것처럼 그들의 눈앞에서 아른거렸다. 텐베거 종목에 대한 설명을 할 때 나는 잠시 멈춤모드를 작동했다. 이런 종목을 투자 포트폴리오에 넣고, 정말 10배의 수익을 실현시킬 수 있는 확률에 대해서 나는 고객들에게 물었다. 다들 웃을 뿐이었다. 에이 2배만 올라도 우린 못 견디고 팔아버릴 거야, 혹은 그 긴 시간을 어떻게 기다려, 라는 말을 웃음과 함께 내던졌다. 나는 한 번쯤 이 투자시장에 발을 디뎠으면 텐베거 종목 하나쯤은 당연히 잡아야 하는 것이라고 침묵 후에 힘주어 말했다. 어쩌면 그것은 고객에게 하는 말이면서 나에게 하는 말이기도 했다. 어디

투자뿐이랴.

그러나 그때뿐이었다. 시황설명회를 전후해서 잠깐 가치투자나 중장기투자를 이해할 뿐이지 시간이 지나면 금방 제자리로 돌아갔다. 객장의 고객들에겐 당장 사서 2~3%라도 수익을 내고 팔아, 점심시간에 삼겹살이라도 사며 어깨를 으쓱거릴 수 있는 종목이어야 가치가 있었다. 그런 종목을 제때에 발굴해서 콕콕 찍어주어야 유능한 PB라는 소리를 들었다. 사설정보업체에 길들여진 탓이기도 했다. 그러니 어느 점집에 가서 종목을 받아왔다며 객장에서 수군수군 떠들며 투자하는 게 하나도 이상하지 않는 주식판이었다. 이런 자리에 오려고 머리 싸매가며 공부하고 자격증시험에 목을 맸는가 싶을 때가 한두 번이 아니었다. 객장이 있는 우리 지점의 투자시장은 투기시장으로 변질된 지 오래였지만 그래도 나는 파랑새처럼 자본주의의 꽃으로서 주식이 기능할 것이란 미련을 버리지 못하고 있었다. 그마저도 없었더라면 컴퓨터 모니터에 목을 매고 살아가는 PB의 일상이 지겹고 숨 막혀서 어느 날 미친 듯이 소리를 지르며 발가벗은 몸으로 대로변으로 뛰쳐나갔다는 어떤 증권맨의 전철을 내가 밟지나 않을까 싶었다.

퇴근 후 슬그머니 청바지를 꺼내 옷걸이에 걸었다. 아내가 눈이 휘둥그레지며 웬 청바지냐고 물었다. 그냥 회사에서 주말에 산에 가는데 마땅히 입을 것이 없어서 하나 샀다고 둘러댔다. 기왕이면

메이커 있는 것을 사지 이런 싸구려를 샀냐고 아내가 불만스럽게 말했다. 그러면서도 연방 신기하다는 듯이 청바지를 들어 이리저리 살펴보았다.

주말에도 잘 다려진 드레스셔츠와 양복만을 고집하던 나였다. 아무리 변두리에 있는 골동품 같은 전광판을 버리지 못하는 증권사에 근무하지만 나는 자본주의의 첨병인 투자시장을 책임지고 있는 증권맨이었다. 옷 하나도 허투루 입고 싶지 않았다. 딸아이도 청바지를 보며 덩달아 호들갑을 떨었다. 와우, 아빠도 청바지를 입느냐며 손뼉을 쳤다. 당장 입어보라며 손을 잡아끌었다. 나는 못 이기는 척 슬그머니 청바지를 입었다. 빳빳한 모직의 촉감이 차갑게 허벅지에 느껴졌다. 뻑뻑하고 불편할 줄 알았던 청바지는 맞춤옷인 것처럼 힙을 감싸고 쑥 들어오더니 허리 사이즈까지 알맞게 들어맞았다. 언제였을까 내가 청바지를 입었던 적이…….

대학시절엔 청바지를 즐겨 입었다. 딱히 멋을 부리는 시절도 아니었고 그저 편한 맛에 청바지 두세 벌이면 사계절이 무난했었다. 여자 동기들이 청바지를 입은 내 힙이 맵시 있다며 까르르 놀리면 나는 얼굴이 빨개지곤 했다. 그녀! 새와 헤어지면서 청바지도 나에게서 멀어졌다.

아이가 아빠 너무 멋지다며 작은 손바닥으로 내 힙을 찰싹 때리고 도망쳤다. 나는 슬그머니 청바지를 입은 모습을 거울에 비춰보았다. 거울 안에 30년을 뛰어 넘어 수줍음 많이 타던 청년이 한 명

낯설게 서 있었다. 비로소 오랫동안 잊고 있었던 풋풋한 청춘의 싱그러운 기운이 발바닥에서부터 무릎을 타고 올라와 힙과 허리에서 뭉쳐지는 느낌이 들었다. 매미가 목청껏 울어재끼고 폭염이 대지에 작렬해도 뚜벅뚜벅 뙤약볕 아래로 아무렇지도 않게 걸어 나가고 싶었던 젊은 날의 충동이 되살아났다. 몸이 가볍게 떨렸다. 순간, 아침마다 출근길에서 마주치는 긴 머리의 뒤태가 거울 속에 비친 청년의 뒤에 나타났다. 나는 깜짝 놀라 눈을 깜박였다. 언제 다시 왔는지 곁에서 지켜보던 딸이 아빠 정말 멋지다며 엄지를 치켜올렸다. 긴 머리의 환영이 금방 사라졌다. 나는 딸아이에게 어깨를 으쓱거려 주었다.

출근을 조금이라도 빨리 하려고 샛길로 차를 천천히 진입시키자 긴 머리는 어김없이 잰걸음으로 큰 가방을 메고 뛰어 나왔다. 골목길에서 불쑥 맞닥뜨릴 때마다 깜짝 놀라곤 했지만 요즘은 당연히 그녀가 튀어나오겠거니 생각하고 차의 속도를 줄였다. 몇 번 긴 머리가 범퍼에 아슬아슬하게 부딪힐 뻔했다. 창문을 내리고 조심하라고 소리칠라치면 그녀는 먼저 죄송합니다, 를 연발하며 고개를 땅에 닿을 정도로 숙인 채 도망치듯 사라져버렸다. 아침 7시경이면 이른 시간인데 그녀는 어디를 그리 급히 뛰어가는 것일까. 어떨 때는 금방 머리를 감고 나왔는지 채 마르지도 않은 긴 머릿결에서 물이 뚝뚝 떨어지기도 했다. 눈에 띄게 불룩한 큰 가방 하며 손에 들린 줄 달린 물병을 보면 어디로 꼭 소풍을 가는 학생 같기도 했지만 날마다 소풍을 가는 학생이 있을 리 만무했다. 화장기 없는 얼굴에 입술이 붉은 걸로 보아 립스틱 정도는 바르는 것처럼 보였고, 간혹 긴 머릿결 사이로 동그란 귀걸이가 살짝 보일 때도 있었다. 얼굴은 갸름하니 길었고, 눈이 커서 시원한 인상을 주었다. 목덜미가 브이 자로 파인 헐렁한 스웨터를 주로 입었는데 그 덕에 하얀 목이 길쭉하게 드러나 그녀의 긴 머리와 잘 어울렸다. 스웨터 위로 어쩌면 복숭아처럼 매끄럽고 탐스러울 것 같은 가슴이 알맞게 봉긋 솟아 있었다.

　외모도 외모였지만 무엇보다도 나의 시선을 붙잡은 것은 그녀의 청바지였다. 헐렁한 스웨터 밑으로 도도하게 쭉 뻗은 날씬한 두 다리를 타이트하게 감싸고 있는 진청색 청바지는 긴 머리를 더욱 돋보이게 했다. 골목길에서 불쑥 튀어나와 나를 혼비백산하게 해놓고 그보다 더 빠르게 머리를 조아리며 차에서 멀어지는 뒷모습을 보노라면 그만 정신이 아득해졌다. 날씬한 다리 위에 얹어진 불룩한 힙은 꼭 낀 청바지에 그대로 노출되어 아찔할 정도로 유혹적이었다.

　스스로 멋쩍은 상상에 룸미러를 향해 고개를 들면 안경 너머로 반짝이는 눈빛이 나를 내려다보았다. 그 시선을 받을 때마다 나는 흠칫 놀라곤 했다. 맑은 빛이 감도는 검은 눈동자가 반짝거렸다. 실없이 미소를 지으며, 어쩌면 긴 머리의 청바지가 나를 도발하는 것은 아닌가 생각했다. 도발은 위험했다. 실핏줄이 늘어나며 흐릿해졌던 내 눈빛이 살아난다는 것은 충분히 그런 조짐일 수 있었다.
 집에서 사무실까지는 삼십여 분이 걸리는 거리였다. 신호등이 없는 지름길을 찾아 들어선 샛길에서 긴 머리는 청바지를 입은 채 불쑥 내 삶으로 들어왔다. 우연이 인연이 된다면 한 번쯤은 말을 건네볼 수도 있지 않을까 싶었지만 기회는 찾아오지 않았다. 몇 번 범퍼에 부딪힐 뻔했을 때 핑계 삼아 큰소리를 치며 긴 머리에게 화를 내고 싶은 적도 있었다. 하지만 머뭇거리는 사이 긴 머리는 항상 그랬던 것처럼 청바지를 입은 눈부신 뒤태만 남긴 채 총총히 멀어져 갔다. 새가 나에게 도발했다가 떠났던 그때처럼…….

 대학시절에 방송창작실습이라는 전공과목의 분임 조장을 맡은 적이 있었다. 복수 전공으로 신문방송학과를 선택한 새는 주위 눈치 보지 않고 조장인 나에게 돌진했다. 재수를 해서 들어온 나는 또래보다 한 살이 많았고, 학비를 버느라 휴학까지 했기에 2년 후배들과 함께 수업을 들었다. 나는 그녀에게 두세 살이 많은 선배였고, 전공학과 조장이니 타과 학생으로서는 부담 없이 도움을 요청할 수 있는 존재였을 수 있다. 아니면, 그녀의 제멋대로 식 밝음이 어딘가 후미지고 유약한 나의 어두운 구석에 흥미를 느꼈는지도 모를 일이었다.
 분임조끼리 십 분짜리 다큐멘터리를 제작해 출품해야 학기가 마무리되었다. 학기 내내 분임조는 긴밀한 관계를 유지하며 작품을 촬영했다. 내가 PD였고, 그녀는 구성작가였다. 나머지 두 명의 후배가 촬영과 편집을 맡았다. 소프트웨어를 담당한 나와 그녀는 어쩔 수 없이 함께 있는 시간이 많았다.

우리는 K시의 근교에 있는 홍 씨 집성촌에서 이 시대 마지막 양반으로 남아있는 홍 씨 문중의 큰 마님을 취재했다. 그 다큐멘터리의 수준이 어떠했는지는 지금 기억이 확실하지는 않다. 다만, 우리 분임조가 그 과목에서 전부 A플러스를 받았으니 혼신의 열정을 쏟았던 것만은 틀림없다. 특히나 그녀의 저돌적 열정은 지금도 나에게 흠칫흠칫 미열처럼 남아있다. 미열이라고 말하니 나를 속이는 것 같다. 미열이 아니라 너무나 뜨거워서 아주 깊은 화상을 입었다고 해야 옳을 것이다.

A플러스를 받기 위해서였는지도 모를 그녀의 열정은 그 학기 내내 나를 달뜨게 만들고는 청바지만 하나 자취방에 달랑 남긴 채 날아가 버렸다. 내가 자주 입던 헐렁한 청바지를 그녀는 못마땅해했다. 골반에 걸쳐서 내 힙을 온전히 드러내는 일자형이 나에게 어울릴 거라며 진청색 청바지를 선물했다. 그날 저녁에 나는 그녀를 안았다. 학기가 끝날 무렵 그녀는 특별한 이유 없이 이별을 선언했다. 내가 무어라 말할 새도 없었다. 조심스레 찾아간 그녀의 집 앞에서 여러 번의 통화 끝에 그녀는 선심 쓰듯 문자메시지를 보냈다.

'그동안 고마웠어요. 추억으로 기억할게요.'

그것이 마지막이었다. 마님을 취재할 때는 몰랐다. 어쩌면 그녀가 내가 항상 마음으로 받들고 살아야 할 마님일지도 모른다고 나는 그녀가 떠난 후 생각했다. 결국 그녀는 나에게 새가 되었다. 스스로 날아왔다가 홀로 지저귀고 재잘거리다가 훌쩍 다시 날아가 버린 새.

졸업을 하고 내가 여전히 세상에 적응하지 못하고 백수로 전전할 때 그녀는 보란 듯이 M방송국의 아나운서가 되어 TV화면에 불쑥불쑥 나타나 나를 괴롭혔다. 여러 번 미련을 부둥켜안고 그녀의 뒤를 밟았다. 그녀 주위엔 항상 사람들로 넘쳐났다. 그녀는 나에게 그랬듯이 말간 얼굴로 세상에서 가장 화사한 웃음을 지은 채 쉴 새 없이 종알거렸다.

한번 날아가 버린 새는 다시는 돌아오지 않는다는 것을 나는 그녀를 통해 배웠다. 깨끗하게 단념하지 못하고 치근덕거리는 남자로 그녀에게 낙인찍히면서까지 나는 알고 싶었다. 그것은 나를 자학하게 만든 요인이기도 했는데 왜 나에게 허락받지도 않고 멋대로 날아들었느냐는 것이었다. 그렇게 날아와 둥지를 틀었으면 뭔가 나에게도 둥지를 품을 만한 시간이나 기회를 주었어야 하지 않느냐고 나는 항변했다. 하지만 그때도, 그리고 지금까지도 나는 그녀가 떠난 이유를 알지 못했다. 그녀는 정말 왜 이러느냐며 답답한 표정만 짓다가, 그저 떠났을 뿐이었다. 세월만이 가끔씩 나에게 이야기하곤 했다. 네가 그녀에게 부족했던 거야……. 

새와 긴 머리가 오버랩되는 것은 그래서 유쾌한 일은 아니었다.

나에게 새는 불길한 징조에 가까웠다. 방송국 PD를 꿈꾸며 취업재수를 거듭하던 나는 어렵사리 농촌살림에 대학 뒷바라지를 했던 부모님의 간절한 눈빛에 손을 들고, 대기업 취업으로 방향을 틀었다. S그룹 공채에 합격해 1지망, 2지망을 전공을 살린 홍보 분야로 적어냈으나 내가 최종 발령받은 곳은 엉뚱하게도 금융계열사 중의 하나인 증권사였다. 면접에서 각종 글쓰기 공모전이나 광고 콘테스트에서 입상한 경력을 들어 어느 계열사든 홍보팀 발령을 원한다고 했기에 나는 커뮤니케이션 파트나 광고계열사로 발령이 날 줄 알았다. 그러나 기업에서 뽑은 인력은 전공은 처음부터 고려의 대상이 아니었다. 적성이나 전공과는 무관하게 지역안배에 따라 영업인력 수요가 많은 곳 중심으로 우선 배치했다. 기업은 대학에서의 전공공부를 신뢰하지 않았다. 다시 처음부터 가르치면 된다는 신념을 갖고 있는 듯했다. 그래도 증권사는 경영계열 전공자들이 우선 배치되는 곳이었음에도 나는 사회계열 전공자로서 생뚱맞게 들어왔다며 다들 이상하게 여겼다.

하지만 나는 증권사에서 180도 전환에 성공했다. 나의 어디에 사람을 향해 뿜어내는 그런 열정이 있었을까, 내 스스로 놀랄 정도로 고객과의 관계가 중요한 증권사에서 나는 빛을 발했다. 한번 상담한 고객은 차분하게 이야기를 듣고, 깔끔하게 리포트를 작성해 투자의견을 제시하는 나의 세밀함에 마음의 문을 열었다. 몇 천만 원에서 출발한 자금이 점점 늘더니 억대의 자산을 맡기는 고객이 많아졌다. 시장 상황도 좋았다. 서브프라임의 문턱을 넘어선 국내증시는 바닥을 찍고, 점차 체력을 회복했다. 머뭇거리던 자본이 투자시장으로 몰려들었다. 때론 과감하게 때론 냉정하게 시장과 몸을 부대끼던 나는 어느새 증권사의 체질에 걸맞은 PB가 되어 있었다.

자본시장을 흔히 탐욕과 공포가 공존하는 곳이라고 말한다. 나는 탐욕도 공포도 없는 중간자로서의 역할을 잘 수행했다. 탐욕을 부리는 고객에겐 브레이크를 걸어주었고, 공포로 머뭇거리는 고객에겐 등을 토닥이며 투자를 독려했다. 돌아보면 내게 무슨 확고한 신념이나 밤을 지새운 공부가 있었던 것은 아니었다. 큰 강이 본류라면 나는 한 번도 본류에 이르지 못하고 지류이거나 그도 아니면 도랑을 따라 겨우 졸졸 흘렀던 사람이었다. 도도하게 흐르는 본류의 세계는 애초부터 나와는 먼 세상이려니 했다. 상대적으로 어디에 휩쓸리지 못했기에 어쩌면 주식시장에서 중립을 지키는 것이 당연했는지 몰랐다. 주식시장에서 중립은 때로는 중심이 되었다. 그러니 나도 모르게 나는 주식시장에서 중심을 잡아주는 저울추의 역할을 해낸 셈이었다. 아이러니였지만 내게도 하늘이 베푼 행운의 한 쪼가리가 찾아든 것이라고 나는 간혹 생각하곤 했다. 화려한 스포트라이트를 받으며 나는 증권사에서 존재감을 가진 직원으로 성장했다.

문제는 늘 새와 같이 도발하는 여자였다. 수없이 많은 동료와 선후배들이 증권사를 떠났다. 과도한 욕심이 화를 부를 때도 있었고,

고객과의 관계에서 문제가 생겨 소송을 당하는 경우도 있었다. 돈이 오가는 곳에 인격은 없었다. 교양과 인간미가 아무리 넘치는 사람일지라도 손해 앞에서는 자신을 탓하기보다 누군가에게 책임을 전가하고 싶어 했다. 이익과 손해가 교차하는 과정에서 담담하게 투자의 책임을 스스로 지려는 사람은 드물었다.

회사도, 유능한 선배도 이론적으로는 리스크 관리가 가장 중요한 것이라고 말해주었지만 경우의 수 앞에서는 다 무용지물이었다. 나는 무색무취한 성향 덕에 증권사에서 벌어질 수 있는 그 경우의 수 모두를 잘 이겨냈다. 입사 5년차에 대리를 뛰어넘어 과장으로 특진을 했다. 특진과 동시에 나는 점포장으로 발령을 받았다. 브랜치라는 지점의 하부조직이었지만 모든 것이 독립체산제로 운영되었으니 지점장에 버금가는 자리였다. 브랜치장으로서 J시의 중심에 신규점포를 내었을 때만 해도 나는 성공가도를 달리는 것처럼 보였다. 회사에서 우수하다는 후배사원 세 명을 함께 배치해주었다. 낮밤을 가리지 않고 뛴 열정 때문에 자산은 금방 늘었고, 나와 후배들은 브랜치를 지점으로 승격될 수 있는 수준까지 올려놓았다.

그 무렵 브랜치에 C가 나타났다. C를 처음 보았을 때 나는 새가 나에게 되돌아온 것만 같은 착각에 빠졌다. 모든 것이 유사했다. 세상의 어떤 걱정도 C 앞에 서면 다 도망갈 것 같은 발랄함이 서른을 갓 넘긴 그녀에게서 넘쳐났다. J시의 한 종합병원 원장의 사모였던 C는 브랜치의 VIP고객으로 자리매김했고, 한 번 오퍼를 낼 때마다 전국에서 수위 자리를 나에게 안겨줬다. 모든 것이 순조로웠지만 나는 C의 그 밝고 환한 얼굴이, 거침없이 속내를 드러내는 솔직함이 간혹 두려웠다.

나는 C의 충실한 자산관리자로서 최선을 다했고, 나의 전문적 지식을 아낌없이 발휘했다. 몇 번 C의 도발이 PB로서의 선량주의 의무에 심각한 하자를 야기시킨 적이 있긴 했다. C는 헤픈 삶을 사는 여자는 아니었지만 빈틈없이 투자전문가의 길을 가고자 하는 나에게 호감을 보였다. 그것이 정성어린 선물로 다가오기도 했고, 자신의 투자패턴과 상관없는 오퍼를 내는 걸로 표출되기도 했다.

나에게 조금은 흐트러져도 괜찮지 않겠느냐는 삶의 태도가 있었다면 어쩌면 그런 신호에 나는 손을 내밀었을 것이고, 그녀 역시 스스럼없이 내 손을 잡았을 것이다. 아니다. 그것은 나만의 터무니없는 망상일지도 모르겠다. 남녀가 아무런 조건 없이 느끼는 순수한 연정이 내게는 있었던 것도 같다. 그것이 문제였다. 새가 나에게 나타났을 때 나는 바보스럽게 턱하니 그녀에게 전부를 내맡기고 아낌없이 주는 나무처럼 사랑을 향해 치닫기만 했다. 그것이 이별 후 옹이가 되어 언제나 주저하게 만들고, 어떤 감정이 들어오는 것조차도 실없다고 나를 단속하는 마당에 가정이 있는 여인에게 연정을 느낀다는 것은 더더욱 용납할 수 없는 상황이었다.

나는 C에게 그저 빈틈없는 증권사의 PB이면 그만이라고 나를 다그쳤다. 느닷없는 C의 실종이 아니었다면 어쩌면 나는 능력 있는 증권맨으로서 임원의 자리까지 올라 전혀 새로운 삶을 살고 있을지도 모르겠다.

  등락이 심한 시장에서도 C는 나의 제안을 잘 따라주었는데, 주식투자로 기십 억을 번 C가 실종된 지 3일 만에 그녀의 남편이 목을 매 자살한 채로 발견되었다. 경찰은 처음엔 돈을 노린 자의 소행으로 판단하고 수사를 벌였다. 수사선상에는 나도 올라가 조사를 받았다. C는 여유자금으로 투자 여력이 있었고, 판단이 빠른 투자자임을 나는 강조했다. 그럼에도 나의 계좌와 통화내역 등이 낱낱이 까발려졌다. 특이점은 당연히 없었다. 그러다 남편이 자살하자 치정에 얽힌 사건으로 규정하고, C의 사체를 찾는 데 주력했다. 휴대폰이 꺼진 장소를 중심으로 대규모 경찰병력을 동원한 수색에도 C의 사체는 발견되지 않았다.

  C가 실종된 후로 브랜치는 그야말로 풍비박산이 났다. 살인사건에 연루된 곳에서 주식투자를 원하는 고객은 없었다. 제아무리 수익을 많이 내주었던 고객들도 고개를 저으며 다른 증권사로 이동했다. 결국 회사는 C의 실종사건 후 세 달 만에 브랜치 폐쇄결정을 내렸다. 그 기간 동안 나는 얽혀버린 현실을 되돌려보려고 미친 듯이 날뛰었지만 남은 것은 외진 K시 지점으로의 발령장뿐이었다. 유능했던 후배들도 저마다 길을 찾아 타사로 떠났다. 결국 후배들도, 나도, C도 지키지 못했다. 우연인지는 몰라도 내가 J시를 떠나던 날 C의 사체가 발견되었다. C의 남편에게 정부로 지목당한 그녀의 남

자 동창이 근무하던 회사 지하 정화조에서였다. 그 세 달 동안 C는 내가 잠시 연정을 품었던 추억의 여인으로서도 남지 못하고, 신문의 사회면 가십거리에나 오를 만한 사연을 남긴 채 영영 떠나가 버렸다.

C는 나에게 날아든 두 번째의 새였을까? 새는 늘 날아가 버리기만 하는 존재일까? J시를 떠나면서 나는 그 생각을 떨쳐버리려고 인사불성이 될 정도로 흠뻑 술에 취했다. 나를 어느 나락 위에 세우고 흔들어버리고 싶었다. 지키고 싶은 것을 지키지 못하는 삶이 초라하고 서글프게 나를 닦달했다.

긴 머리에게서 새의 기운을 느끼는 것에 나는 또 긴장하지 않을 수 없었다. 더욱이 최초의 새가 나에게 선물한 청바지를 즐겨 입는 그녀라니, 그리고 내 감성의 촉수가 그녀를 향해 민감하게 반응하는 상황이라니, 불길한 징조임에 틀림없었다. 몇 번 출근길을 바꿔서 대로변으로 돌아가기도 했지만 며칠을 넘지 못하고 나는 다시 샛길을 찾았다. 어김없이 이른 아침 긴 머리는 세상의 발랄함이 다 자기 것인 양 깡충거리며, 불쑥 튀어 나왔고 넘치는 생기를 아침의 거리에 뿌리고 지나쳐 갔다. 나는 때때로 차를 서서히 몰면서 그녀가 대로변으로 사라질 때까지 기다렸다가 출근하기도 했다. 내 삶에서 새가 다시 출현했다는 것은 한바탕 폭풍우가 몰아칠 조짐이라고 감각은 끊임없이 나에게 경고했다. 그러나 지금은 청춘을 다 보낸, 사회인으로서도 관록이 붙은 중년이 아닌가? 새가 나타난다 한들 무슨 일이 생길 수 있을까? 그만한 순수함도, 저돌성도 나에겐 없는 것이라며 나를 진정시켰다. 긴 머리를 보면서 그저 막연한 추측을 해볼 뿐이었다.

그녀는 아마도 아침 일찍 회사의 문을 열어야 하는 작은 회사의 회계담당일 것이다. 어쩌면 그 회사는 먼 친척이 운영하는 회사일지도 모른다. 영리하고 부지런한 그녀는 그 먼 친척에게 일가붙이가 없어서 수양딸로 입양되었을 것이다. 어쨌든 아침 일찍 그녀는 회사 문을 열고, 간단한 청소를 마친 후 향이 짙은 원두커피를 내려서 사무실을 그윽한 커피향으로 채우는 센스를 발휘할 것만 같았다. 뒤늦게 출근한 사장과 직원들은 그녀의 부지런함과 깔끔함과 그윽한 커피향에 취해 하루 종일 즐겁게 일할 수 있을 것 같았다. 왜 있잖은가? 존재만으로도 사람을 기쁘게 해주는 사람 말이다. 긴 머리는 그런 존재로서 나에게 상상의 즐거움을 주는 우연한 조우 이상은 아닐 거라고 생각하며 가속페달을 밟았다. 이런 생각을 하다 보면 차는 어느새 회사의 지하주차장에 도달해 있었다.

아침부터 지점 분위기는 어두웠다. 실적이 최하위에서 맴돌고 있는데 도무지 개선의 여지가 없다는 지점장의 일성이 터져나왔다. 분위기 쇄신을 위해 지점의 전광판을 철거해야겠다고 말했다. 더 이상 시대에 뒤떨어지지 말자고 호소했다. 눈은 뜨고 있고 고개는 끄덕였지만 누구 하나 귀를 온전히 열고 지점장의 호소이면서 호통을 마음으로 받아들이는 이는 없어 보였다.

　브랜치를 운영할 때가 떠올랐다. 나에겐 지점으로 승격하고 싶은 꿈이 있었고, 세 명의 직원들도 개인적으로는 다른 원대한 꿈이 있었을지는 몰라도 브랜치 운영에서는 같은 꿈을 꾸었다. 조직도 생명체와 유사했다. 머리와 손발이 한 몸처럼 움직일 때 비로소 생명을 유지할 수 있듯이 구성원이 하나의 꿈을 꿀 때 조직은 성장할 수 있었다. 브랜치 때와 지금이 무엇이 다를까를 생각했다. C사건이 아니었다면 나는 정말 지속적으로 성장하는 조직을 꾸릴 수 있었을까? 열정을 갉아먹는 에너지 뱀파이어 같은 것이 숨어 있다가 결정적인 순간에 나를 끌어내리지는 않았을까? 생각해보면 현재로선 확실하게 말할 수 있는 것이 없었다.

　나는 새를 닮은 C의 도발을 애써 외면했음에도 꿈은 이뤄지지 않았다. 처음 새를 만났을 때는 새의 도발을 온몸으로 받아들였음에도 사랑은 이뤄지지 못했다. 어쩌면 젊은 날 사랑이란 이름으로 일어난 아주 사소한 생채기에 나는 너무나 민감하게 반응하며 나를 세상으로부터 격리시킨 것은 아니었을까? PD의 꿈을 접고 우스갯소리로 발음이 비슷해서 PB가 되었노라고 말하면서도 나는 늘 마음을 타고 내리는 시냇물 소리를 들어야 했다. 졸졸거리며 흐르는 냇물소리가 끊임없이 나를 어디론가 떠나라고 종용했다. 그럼에도 나는 구석을 찾아 자꾸 숨어들었다.

　새가 나를 양지로 끌어냈다고 나는 지금도 기억하고 있다. 손짓

발짓 하나하나가 강렬한 빛줄기 같았던 그녀였다. 그녀의 손길이 닿는 순간마다 나는 깨어났고 빛을 받은 음지식물은 줄기와 이파리에 힘을 받고 조금씩 튼튼해졌다. 내 삶에서 새는 거기까지의 역할을 부여받았을지도 모르겠다. 관계라는 게 그렇다. 나를 음지에서 양지로 끌어냈으니 스스로 광합성을 해서 가지를 뻗어 올리고 열매를 맺는 몫은 나에게 달려있었을 것이다. 그러나 새가 떠나자 나는 다시 음지식물로 전락해서 오히려 햇볕을 모르고 살았을 때보다 더 음지로 숨어버렸다. 도발이 햇볕이었음을 왜 받아들이지 못했을까.

지금 우리 지점에 필요한 것은 그런 도발이라는 생각이 불쑥 들었다. 지점의 PB들 모두 일상에 지쳐있었다. 고객에게 지치고, 시장의 변동성에 지치고, 자신들 삶의 신산함에 지쳐있었다. 그럼에도 누군가는 일어서고, 전광판이 다 사라지는 현실일지라도 그것을 지키는 골동품 같은 지점도 필요한 것이 아닌가. 그런 자리에 아직 내가 있음을 나는 느끼고 싶었다. 할 수만 있으면 이젠 내가 도발하고 싶었다.

나는 다음날 청바지에 비즈니스 캐주얼풍으로 옷을 입고 출근했다. 넥타이를 진즉부터 매지 않아도 된다는 공지를 받았음에도 그동안 드레스셔츠에 넥타이를 매었다. 그것이 나를 지키는 길이라 여겼다. 출근하니 이나영 씨 그룹이 객장 고객룸에서 수다를 떨고 있었다.

"이나영 고객님! 오늘 친구 분들과 함께 저랑 점심 하시죠."

"어머, 과장님이 웬일이에요. 좋은 종목 정보 주시게요?"

"꼭, 정보가 있어서 그러나요. 요즘 장도 힘든데 의기투합 한 번 하셔야죠."

거기까지 말했을 때 이나영 씨가 눈을 크게 뜨고 자리에서 벌떡 일어났다.

"어머나 과장님! 오늘 복장 뭐예요? 판타스틱한데요."

나는 활짝 웃었다. 이나영 씨가 금방이라도 다가와 엉덩이를 툭, 때릴 것만 같았다. 그날 장이 어려웠지만 데이트레이딩은 성공적이었다. 이나영 씨 그룹의 오퍼가 제일 많았다. 지점장도 이나영 씨 담당 PB도 어리둥절한 표정으로 나를 바라봤다. 나는 애써 그 시선을 미소로 받았다.

퇴근을 서두른 나는 집에 들러 청바지에 니트를 입고 다시 밖으로 차를 몰고 나왔다. 긴 머리가 항상 튀어나오는 골목길에서 나는 차에 내려 한참을 서성거렸다. 새가 떠올랐고, C의 환영이 오버랩 되었다. 이나영 씨의 모습도 눈에 아른거렸다. 나는 청바지 뒷주머니에 손을 쑤셔 넣고는 불량한 청년처럼 팔자걸음을 걸으며 휘파람을 불어보았다. 휘파람은 날카롭고 곧게 소리를 높이지 못하고 바람 빠지는 소리를 내며 탁탁 끊겨 나왔다. 심호흡을 하고 다시 휘파람을 불었다. 이번에는 맑고 높은 소리가 길게 울려 나왔다. 좀 더 껄렁거리는 자세로 골목길을 오고 가기를 반복했다.

새를 안던 날 나는 마음속으로 이렇게 곧고 높은 휘파람을 수도 없이 불었다는 것을 떠올렸다. 이제는 강의 본류가 되어 도도한 흐름 안으로 나를 밀어 넣고 넓은 바다에까지 창창히 흘러가리라는 다짐도 했던 것 같다. 그러나 온기 없는 자취방에서 먼지냄새, 땀냄새가 밴 붉은색 싸구려 카펫이불을 덮고 서투르게 나눴던 새와의 사랑은 지금까지 올무가 되었다.

  새가 선물한 골반청바지는 한 번도 입어보지 못하고 이사를 다닐 때마다 가방의 제일 밑칸을 차지하는 애물단지가 되었다. 버리지도 못하고 입지도 못하던 그 청바지를 나는 어디에 두었을까. 언제부턴가 그게 어디에 있는지 생각나지 않았다. 중매로 만난 아내와 결혼을 하면서 버렸던 것일까. 아니면 지금도 내가 기억해내지 못한 장롱의 깊은 곳에서 에너지 뱀파이어가 되어 나를 야금야금 갉아먹고 있는 것일까. 그것은 청바지에 대한 지나친 피해의식이다. 새에 대한 원망이 지금까지 남아있다면 못난 일이다. 새는 새로서의 역할을 다하고 날아간 것에 불과하다. 한 번 인연이 영원한 인연이어야 한다고 고집하는 것이 오히려 답답한 일이다. 다시 만나자고 보채는 나를 향해 새는 그런 표정을 지었었다. 그것을 깨닫는 데 이리 오랜 시간이 걸렸을까.

  이번엔 뒤 호주머니에서 손을 빼 앞 호주머니에 쑤셔 넣었다. 자세가 엉거주춤한 것처럼 어깨가 앞으로 구부러졌다. 나는 한층 더 껄렁한 기운을 내 몸 안으로 불어 넣으며 다시 휘파람을 길게 불었다. 낮지만 긴 휘파람 소리는 공기를 타고 좀 더 멀리 흘러나가 허공에서 흩어졌다.

길거리 좌판에서 산 싸구려 청바지는 골반청바지는 아니었다. 맞춤옷처럼 주름이 잡혀서 언뜻 보면 진청색 양복바지처럼 보였다. 청바지를 입으면 금방이라도 맨살에 그 푸른 물이 들 것만 같아 가슴이 뛰었다. 이제 도발을 받아들일 준비가 된 것일까. 너무 늦은 것은 아닐까.

골목길을 돌아 어둠이 사위를 점령해가는 샛길로 나왔을 때 내 앞으로 휙 하니 그림자 하나가 지나쳐 갔다. 언뜻 보니 긴 머리처럼 보였다. 나는 깜짝 놀라 한 발짝 물러났다. 나도 모르게 그녀를 향해 손을 뻗었다. 목청이 열리고 무슨 말인가가 튀어 나오려고 했다. 나는 침을 꿀꺽 삼키고는 얼른 손을 내렸다. 나는 청바지 뒷주머니에 손을 쑤셔 넣고 멀어져 가는 긴 머리의 실루엣을 바라보았다. 이윽고 천천히 그렇지만 청바지가 힙을 감싸는 느낌을 고스란히 느끼며 긴 머리가 사라진 반대편을 향해 걷기 시작했다.

내일 지점장에게 전광판은 없애지 말자는 건의를 해야겠다고 생각했다.

# 물어라 쇠

# 물어라 쉭

• • •

형을 찾아보라는 전화를 받은 것은 새벽이었다. 전날 밤 마신 술에 엉망으로 취해 널브러져 자던 참이었다. 승진 발표를 앞두고 상사인 연구소장과 늦게까지 술자리를 했다. 지금까지 연구소장에게 인사를 부탁한 적은 없었다. 이번에는 무슨 말이라도 해야 할 것 같았으나 결국, 나는 아무 말도 못하고 술만 들이켜다가 어떻게 집에 왔는지 기억이 가물거렸다. 취기는 청각을 둔하게 만들었고, 그런 탓에 전화가 울리는지도 몰랐다. 하지만 전화를 걸어온 이는 취기보다 끈질겼다.

이 새벽에 도대체 누가! 솟구쳐 올라오는 짜증에 욕지거리를 씹으며 마지못해 전화기를 집어 들었다.

"아야, 나다. 별일 없쟈?"

어머니셨다. 나는 당황스러워 재빨리 윗몸을 일으키며 헛기침으로 목소리를 가다듬었다.

"네! 어머니 이 새벽에 어쩐 일이세요?"

"니 형한테 아무래도 뭔 일이 있나 보다. 전화도 안 되고 꿈자리까지 사납구나."

어머니는 다짜고짜 형의 이야기를 꺼냈다.

"형이요? 형이 언제 연락했어요?"

"조만간 집에 한 번 내려온다 했는데, 오지도 않고 그 이후론 통 연락이 안 되는구나."

"형이 원래 그렇잖아요."

"형한테 전화 한 번 해봐라. 그래도 니 형이 너에게는 살갑지 않았냐? 네 전화는 받을지도 몰라. 아니면 네가 형한테 한 번 가보든지."

어머니는 전화기 속에서 사정하듯 말했다. 이 나이가 되도록 어머니께 걱정을 끼치는 형이 마뜩찮았다. 명치끝에서부터 물컹한 덩어리가 욱하고 치받쳐 올라왔다.

"잠시만요. 제가 다시 전화드릴게요."

나는 황급히 전화를 끊고 화장실로 달려가 변기 속에 고개를 처박았다. 간밤에 먹었던 고기 쪼가리가 소화가 덜 된 채로 게워져 나왔다. 형도 저 토사물 같았다. 세상에 섞이지 못하고, 늘 번번이 퉁겨져 나온 형. 아니 형은 어쩌면 누구와도 함께 섞이고 싶지 않았는지도 모른다.

사실, 어머니가 형이라고 했을 때 나는 무언가 이물감을 느꼈다. 대학을 졸업하던 해, 교도소에 복역 중이던 형을 면회한 이후로 그는 내 의식 속에서 사라진 존재였다. 어머니도 내가 취직해 결혼을 하고, 아이를 낳고, 그리고 아내와 별거를 시작할 때까지 형에 대한 이야기를 한 번도 꺼내지 않았다.

다만 1년 전쯤 북한산 자락에서 떠돌이처럼 살던 형이 어떤 여자와 살림을 차렸다는 말을 누나한테 잠깐 듣기는 했다. 어렸을 때 형과 나 사이의 일을 알고 있던 누나는 전화라도 해보라며 조심스레 번호를 알려주었다.

유년시절의 형은 '쌈짱'으로 통했다. 나이가 많고 적음을 가리지 않고 형의 비위를 조금이라도 거스르면 싸움을 걸었다. 한번 시비가 붙으면 형은 먼저 포기한 적이 없었다. 상대방이 지칠 때까지 피투성이가 되더라도 끝까지 물고 늘어졌다. 건들면 안 되는 놈이 형의 또 다른 별명이 되었다. 아버지는 그런 형을 타박했다.

"또 싸웠냐? 하라는 공부는 안 하고 넌 왜 맨날 싸움질이냐."

"누군 싸우고 싶어서 싸운데요. 무시하니까 그렇죠."

"누가 무시한다는 거냐. 객지가 다 그렇지. 그냥 상관 안 하면 되잖냐."

"아버지는 그럼 왜 싸우시는데요?"

"이놈이 뭘 잘했다고!"

그런 형에 비해 유약했던 나는 형에게 사내 녀석이 약해빠졌다는 편잔을 자주 들었다. 형은 주말이면 새벽부터 나를 깨워 운동을 시켰다. 야산을 뛰어오르게 했고, 어디서 배웠는지 태권도라며 정권 지르기와 발차기를 가르쳤다. 담력을 길러야 한다며 높은 언덕에서 뛰어내리게도 했다. 머뭇거리는 나를 뒤에서 밀어 팔이 탈구가 되는 일도 있었다. 어쩌다 내가 누군가에게 맞고 오면 기어코 그를 다시 찾아가 내가 이기거나 그가 지쳐 사과할 때까지 싸움을 독려했다. 나는 나를 괴롭히는 친구나 선배들보다 그런 형이 더 무서웠다.

하지만 이미 지나간 일! 나는 누나가 준 번호로 전화를 걸었다. 당시 아내와 별거 중이라 심란했던 마음도 전화를 걸게 한 이유라면 이유였다.

"막내 아이가? 하이구마 내사 마 꿈 하나는 잘 꿨네. 어제 우리 할배 신령님이 빠알갛게 꽃대가 올라온 산삼 한 뿌리를 주더니 마, 우리 막내한테서 전화가 올라고 그랬나 보데이. 막내야! 전화 줘서 고맙데이. 형은 항상 우리 막내 생각한다 아이가. 니 지금 심란허제. 형이 다 안다. 우리 할배가 죄 알려준다 아이가. 우리 집에 의사, 변호사, 판·검사, 그라고 국회의원들까지도 다 와가, 내한테 마 머리를 조아린다 안 카나. 그 사람들 미래는 내사 마 쫙 끼고 있는 기라. 막내야! 니도 한 번 올라온나."

누나에게 아내와 별거 중이란 말을 들은 것일까? 형의 목소리는 한여름, 장마 뒤 골짜기를 타고 거침없이 흐르는 계곡물처럼 전화통을 우렁우렁 울렸다. 사업차 일부러 배웠다는 사투리는 고교시절

형과 잠깐 살았을 때보다 더 유창해져 있었다. 나는 형의 말을 묵묵히 듣고만 있다가 조용히 전화를 끊었다. 그게 전부였다. 나는 기억 속에서 형을 다시 지워버렸다. 형은 어렸을 때, 그리고 고교시절에 보았던 모습에서 하나도 변하지 않은 것 같았다.

그런 형이 어머니를 통해서 이 새벽에 다시 내 일상을 흔들고 있었다. 나는 화장실에서 나와 어머니에게 다시 전화를 할까 하다가 이내 그만두었다. 꼭 해야 할 말이 있다면 어머니가 다시 전화를 하겠지 싶었다. 부엌으로 가서 냉장고 문을 열었다. 불빛과 함께 냉기가 달려들었다. 그 순간 냉장고 돌아가는 윙하는 소리와 함께 이명이 들렸다. 킹이 컹컹거리는 소리가.

어릴 적 형은 집에서 키우던 셰퍼드를 킹이라고 불렀다. 킹! 처음에 나는 킹을 컹으로 알아들었다. 형이 개를 부르면 컹! 하고 짖었기 때문이다. 사실 초등학생이던 나는 킹이 무슨 뜻인지 몰랐다. 다만, 메리나 쫑으로 불리던 다른 집 개에 비해 킹이란 이름이 더 폼이 난다고 생각했다. 나중에 킹이 어떤 의미인지 알았을 때 나는 형이 왜 그런 이름을 붙였는지 이해할 수 있을 것 같았다.

중학생인 형은 공부는 뒷전에 두고 늘 싸우고 다녔다. 얼굴이 매번 상처투성이였다. 아버지가 네가 깡패냐고 호되게 나무랐지만 소용이 없었다. 오히려 꾸중을 들은 날이면 보란 듯이 킹을 큰소리로 불러냈다.

"킹!"

"컹! 컹! 컹!"

킹은 세 번을 연달아 짖고 한달음에 형에게 달려왔다. 납작 귀를 눕히고 눈을 가느스름하게 뜬 채 턱을 땅바닥에 바짝 붙이고 꼬리를 세차게 흔들었다. 그런 모습은 평소의 킹답지 않게 지나치게 애교를 떠는 것처럼 보였다. 나중에 알게 되었지만 형의 목소리 톤으로 킹은 어떻게 반응해야 형이 좋아하는지를 알고 있었다. 그런 모습은 완전한 복종의 의미였다. 평상시에 킹은 고개를 치켜들고, 꼬리는 바짝 올린 채 도도하게 걸었다.

형은 킹을 데리고 제등으로 올라갔다. 나도 덩달아서 형과 킹의 뒤를 따라갔다. 제등은 마을 북쪽 산자락에 자리 잡은 박 씨 집안의 선산이었다. 제등에 오르면 마을이 한눈에 들어왔다. 마을에서 가장 높은 용두산이 제등을 병풍처럼 감싸고 있었다. 용머리 모양의 바위가 최고봉을 이루고 있어서 용두산은 용산이라고도 불리었다. 용의 신령한 기운이 서려있는 산이 병풍처럼 둘러싼 제등은 명당으로 소문이 자자했다. 그래서인지 몰라도 박 씨 집안의 후손들은 잘 나갔다. 대부분 도시로 공부하러 나갔고 그중에는 법조인이나 의사가 되어 명절 때마다 섬으로 돌아와 유세를 떠는 이도 있었다. 야비다리를 피우며 제등 중앙에 있는 문중의 봉분을 더 크게 북돋웠다. 값비싼 돌로 상석과 혼유석, 향로석을 비치하고 비석을 세웠다. 제등 사방에는 소나무를 심어 방풍림을 조성했다. 방풍림 안에 들어서면 잘 정돈된 잔디밭이 널찍하게 드러나 뛰어놀기에는 안성맞춤이었다. 형은 바로 그곳에서 킹을 훈련시켰다.

"자, 여기가 왕이 난다는 곳이다. 어떠냐? 킹! 네가 놀기에 딱 좋은 곳 아니냐?"

"컹!"

킹은 형의 말을 알아들었다는 듯이 바로 화답했다. 킹이 짖는 소리가 마을로 퍼져나갔다.

"좋아! 다 잡아버리는 거다."

"컹! 컹!"

"누구라도 좋아. 내가 물어라 쉭 하면 바로 달라드는 거야."

"컹!"

형이 양동이 뚜껑을 휙 던졌다. 킹은 재빠르게 날아가는 뚜껑을 향해 튀어 올라 뚜껑이 채 땅에 떨어지기 전에 입으로 낚아챘다.

"자알했어! 킹!"

킹은 물고 온 양동이 뚜껑을 형의 발 앞에 내려놓았다. 형은 킹의 머리를 쓰다듬었다. 킹은 고개를 꼿꼿이 든 채로 꼬리를 연신 흔들었다. 신발이나 다른 무엇을 내던져도 킹은 쏜살같이 달려가 정확하게 찾아 물어왔다. 형이 '앉아'라고 명령을 내리면 땅바닥에 웅크리고 앉았다가, '일어서'라는 명령에는 벌떡 일어났다. 킹은 형의 명령대로 움직였다. 킹에게 내리는 가장 강력한 형의 명령은 '물어라 쉭'이었다. 그 명령은 군더더기가 없었다. 아주 짧고도 단호했다.

킹은 형이 지목한 대상을 향해 조금의 주저함도 없이 달려들었다. 사람을 향해 명령하면 바로 그 앞에서 이빨을 드러내며 금방이라도 물어뜯을 것처럼 으르렁거렸다. 누구라도 그런 킹 앞에서는 얼어붙어 꼼짝할 수가 없었다. 킹을 멈추게 할 수 있는 방법은 딱 한 가지였다. 그것은 형의 또 다른 명령. 그것만이 킹을 멈추게 할 수가 있었다.

"쉬어!"

형의 명령이 떨어지면 킹은 아주 천천히 그 사람에게서 물러났다. 물러나면서도 이빨을 드러내고 으르렁거렸다. 형이 킹을 데리고 나타나면 주먹 깨나 쓴다는 상급생들도 형을 슬슬 피했다. 그들에게 형은 눈엣가시였다. 초등학교 3학년인 내 눈에 비친 형은 정말 왕 같았다.

IMF외환위기로 도시에서 사업에 실패한 아버지는 채무자에게 쫓기다시피 남해의 작은 섬으로 우리 가족을 이끌고 내려왔다. 낯선 곳에서 우리는 당장에 어떻게 할지 몰라 아버지만 바라보고 있었다. 급작스럽게 변한 환경에 다들 표정이 굳어서는 말을 아꼈다. 그때 아버지는 사업할 때 지인들과 낚시하러 왔던 인심 좋은 섬이라고 변명하듯 말했다.

"어디든 살다 보면 정이 붙는 법이야. 바다도 있고 좋잖니. 예전에 낚시하러 왔을 때 섬 사람들 인심이 후하더라. 게다가 바다는 노력한 만큼 되돌려주는 곳이다. 이제부터 아버지는 여기서 양식도 배우고 새롭게 시작할 거다. 너희들을 위해서라도 다시 일어설 거야. 그러니 너희들도 맘 단단히 먹고 공부 열심히 해라. 알았지!"

아버지는 애써 힘주어 말했지만 자꾸 목소리가 잠겨들었다. 어머니가 그런 아버지의 손을 잡아주었다. 그러나 섬사람들은 이방인인 우리 가족을 경계했다. 사춘기였던 중학생 형은 텃새를 부리는 또래 아이들과 민감하게 맞섰고, 여차하면 주먹을 휘둘렀다. 아버지도 섬의 터줏대감인 박 씨 집안 사람들과 자주 갈등을 빚었다. 아버지는 섬에 어촌지도소를 유치해 섬의 발전을 꾀하려 했고, 그동안 섬의 모든 일을 관장하던 박 씨 집안 사람들은 굴러온 돌이 박힌 돌을 뺀다고 트집을 잡았다. 말이 격해지다 결국 멱살잡이를 하고 온 날이면 아버지는 찬물을 바가지째 벌컥벌컥 들이켰다.

"이래봬도 내가 사장소리 듣던 사람이야. 촌것들이 나를 알로 봐."

어쩌면 형의 쌈질은 그때부터 더 격렬해졌던 것 같다. 갑자기 낯선 곳에서 다시 시작해야 하는 삶은 아버지에게 뿐만 아니라 사춘기인 형에게도 힘에 겨웠다. 잠깐 들렀다 떠나는 낚시꾼이 아닌 이주민으로 정착하러 온 이방인에 대한 경계는 그만큼이나 집요하고 거셌다.

나는 박 씨 집안 사람들과 싸우고 온 날 아버지가 그랬던 것처럼 벌컥벌컥 찬물을 마셨다. 두통은 여전히 가시지 않았다. 그새 창밖

이 희붐하게 밝아있었다. 어제 저녁 연구소장과 술을 마시면서 나눴던 이야기가 기억의 회로를 왔다 갔다 했다. 곧 승진 발표가 있다고 했지만 거기에 내 이름은 이번에도 없을 것이다. 혹시나 싶은 기대감이 솟구치는 것을 나는 애써 억눌렀다. 그동안 수차례 반복했던 실망감을 또다시 느끼고 싶지 않아 연구소장과 술을 마셨지만 승진에 대해서 나는 한마디도 하지 못했다. 도저히 부탁이나 하소연이 나오지 않았다. 출근 준비를 하면서 어머니 말마따나 차라리 휴가를 내고 형을 찾아 나서는 게 나을 것 같았다. 형을 찾아야겠다고 생각하니 잠재되었던 형의 기억이 연이어 떠올랐다.

형은 인근 마을의 아이들과 학교의 패거리들을 킹과 함께 평정해 나갔다. 형을 따르는 조무래기들이 한 명 두 명 늘었고, 형은 그들에게 주먹을 쥐어흔들며 자기를 믿으라고 큰소리쳤다. 그 무렵 중학교에 새로 부임한 체육선생이 권투부를 만든다는 소문이 퍼졌다. 형은 권투선수가 되겠다며 제일 먼저 지원했다. 선생은 형에 대해 이미 알고 있었다.

"네가 쌈짱이냐? 근데, 왜 권투를 하겠다는 생각을 했지?"

"폼 나잖아요. 누구도 무시하지 않도록 챔피언 먹고 싶어요."

선생은 웃으면서 형에게 글러브를 내줬다. 맘껏 때려보라고 했다. 싸움에 자신이 있던 형은 호기롭게 주먹을 휘둘렀다. 선생은 가볍게 스텝을 밟으면서 형의 주먹을 피했다. 형이 제 힘을 이기지 못하고 녹초가 되었을 때 선생은 카운트 펀치를 날렸다. 단 한방의 주먹을 맞고 널브러진 형에게 선생이 한마디 했다.

"권투는 힘으로만 하는 운동이 아니야. 스텝이 중요하지. 상대방의 힘을 이용할 줄도 알아야 해. 어때, 이것이 권투인데 한 번 해보겠어?"

형은 선생의 어투까지 흉내 내면서 잔뜩 들떠 권투부에 든 것을 자랑했다. 권투를 시작한 지 얼마 안 가서 형은 소년체전에서 금메달을 땄다. 형이 딴 메달과 트로피가 안방 TV 위에 진열되었다.

"할 것이 없어 사람 패는 걸로 상을 타와?"

금메달과 트로피를 자랑스러워하는 형과 달리 아버지는 쌈질해서 받은 것이라며 혀를 찼다. 중학교를 졸업할 무렵, 체육선생이 아버지를 찾아왔다. 도시에 있는 체육고등학교로 형을 진학시키자고 했다.

"아버님 저놈아가 권투에 재능이 있습니다. 조금만 뒷받침해주면 올림픽에 나가 금메달도 딸 수 있습니다."

아버지는 체육선생의 말을 가만히 듣고 있었다.

"녀석도 권투를 좋아하니, 이참에 마음잡고 전념하도록 해주세요. 쌈질하는 것보다는 운동을 하는 것이 장래성도 있고 좋습니다."

"우리 아들을 좋게 봐주시니 감사합니다만 우리 형편에 도시로 학교를 보내기는 좀 어렵습니다."

사실, 아버지는 형편도 형편이었지만 공부보다는 주먹질을 하는 것이 그게 아무리 운동이라 해도 마뜩치 않은 듯했다. 박 씨 집안 사람과 싸우고 온 날이면 나를 앉혀놓고 너는 공부를 열심히 해서 꼭 판·검사가 되라고 말하곤 했다. 아버지는 장남인 형이 그렇게 됐으면 하고 바라는 것 같았다.

"그런 거라면 걱정하지 마세요. 체육특기자는 장학생으로 학비가 면제됩니다. 기숙사도 무료구요. 그러니 아버님께서 결정만 해주시면 제가 다 알아서 처리하겠습니다."

체육특기자로 장학혜택을 받을 수 있다는 설득이 아버지의 마음을 움직였다. 형도 중학교를 빨리 졸업하고 도시로 진학하기를 열망했다. 일이 터진 것은 형이 체육고로 진학하기 위해 섬을 떠나기 며칠 전이었다. 아버지가 어촌지도소 유치문제로 또 박 씨 집안 사람과 싸우고 들어온 날이었다. 분을 참지 못하고 찬물을 바가지째 마시고 있는 아버지를 형이 말없이 보고 있었다. 피투성이가 된 아버지의 얼굴이 퉁퉁 부어올랐다.

형은 킹을 데리고 박 씨 집으로 건너갔다. 박 씨의 가족들이 지켜보는 가운데 박 씨를 반죽음이 될 정도로 두들겨 팼다. 사람들이 형을 말리려 할 때마다 킹이 나섰다. 형이 킹! 하고 부르면 킹은 컹! 컹! 짖으며 날카로운 이빨을 드러내며 위협을 가했다. 킹의 위세에 눌려 사람들은 옴짝달싹도 못했다. 만일 그때 형이 '물어라 쉿'이라는 명령을 내렸다면 아마 줄초상이 났을 것이다. 그날 밤 내내 킹은 박 씨 집안 마당에서 동네가 떠나가도록 짖어댔다.

다음날 경찰이 박 씨 집안 사람들과 함께 집으로 찾아왔다. 경찰이 형과 아버지가 보는 앞에서 미친 개라며 킹을 그 자리에서 쏘아 죽였다. 그것도 모자라 형까지 잡아가려고 했다. 어머니가 달려들어 경찰의 바짓가랑이를 잡고 늘어지지 않았더라면, 아버지가 박 씨에게 맞아 퉁퉁 부은 상처투성이 얼굴을 내밀지 않았더라면 형은 파출소로 끌려갔을 것이다. 경찰은 아들 단속 잘하라면서 주의를 주고는 수갑을 꺼내 몇 번이나 어머니 앞에서 흔들다 돌아갔다.

형은 킹이 죽고 나서 분을 이기지 못하고 씩씩거렸다. 그런 형이 금방이라도 어떤 일을 벌일 것만 같아 나는 마음이 조마조마했다. 형은 처참하게 죽은 킹을 형이 입던 옷으로 싸고, 부릅뜬 눈도 감겨 주었다. 오후가 다 가도록 형은 킹의 곁에서 떠나지 않고 킹의 몸을 쓰다듬고 또 쓰다듬었다.

한밤중에 형은 잠든 나를 깨웠다. 킹을 보듬어안고 박 씨 집안 선산으로 몰래 들어갔다. 그날 밤 총에 맞아 죽은 킹을 제등 선산 터 위쪽에 파묻었다. 박 씨 선산에는 그때부터 봉분이 하나가 더 생겼다. 그중에서 킹의 봉분은 거의 모양새도 없는 아주 작은 것이었지만 제등의 맨 윗자리를 떡하니 차지했다. 물론 형과 나만 아는 비밀이었다.

출근하니 연구소장이 다급하게 찾았다. 시일이 촉박한 연구프로젝트가 떴는데 기획안을 작성해서 공모하라는 지시였다. 나는 이미 진행하고 있는 연구가 있어서 시간을 내기가 어려운 상황이었고,

대부분 공모안을 내가 작성해왔던 터라 이번에는 다른 연구원에게 오더를 주시는 게 어떠냐고 정중하게 말했다. 연구소장의 눈초리가 올라갔다.

"김 박사! 이번이 기회야 기회. 승진 안 할 거야?"

"그런 말씀은 이미 여러 번 하셨잖아요. 아시다시피 우리 연구소 공모건은 거의 제가 다 했잖습니까?"

나는 일부러 볼멘소리를 했다. 평상시와 다른 나의 태도에 연구소장이 잠깐 당황하는 듯 눈빛이 흔들렸다.

"이번 건만 처리하면 정말 다음번엔 김 박사 차례야. 내가 힘쓸게 응?"

"이번이 아니고 다음이라고요?"

순간, 아내의 날선 눈초리가 떠올랐다. 아내는 나에게 회피하지 말고 전면으로 나서라고 자주 요구했다. 연구소에서 윗사람에게 좀 살갑게 굴라고 했다. 내 얼굴이 항상 굳어 있다며 가끔씩 표정을 한번 보라고 탁상용 거울을 사주기까지 했다. 거울을 보니 아내 말처럼 하얀 와이셔츠에 넥타이를 맨 사내가 뚱한 얼굴로 물끄러미 나를 바라보고 있었다. 아내는 의식적으로 웃으라고 했다. 거울을 보며 입 꼬리를 올리는 훈련을 하라며 치즈, 하고 직접 시범을 보여줬다. 치즈, 나는 아내가 했던 것처럼 입 꼬리를 올렸다. 입 꼬리는 올라갔지만 어딘가 어색했고, 눈은 그대로였다. 무언가에 잔뜩 화가 난 사람의 눈이었다.

학부시절, 나는 마케팅 이론에 매력을 느꼈다. 서구 중심적인 이론의 맹점을 파헤친 후 한국 소비자에 맞는 리테일마케팅 이론을 새롭게 제시한 논문을 발표했다. 지도교수는 그 논문에서 어떤 가능성을 봤는지 졸업과 동시에 나를 조교로 붙잡았다. 학계와 재계에서 리테일마케팅에 일가를 이뤘던 지도교수에게는 산학연계 프로젝트 의뢰가 많았다. 교수의 프로젝트를 도맡아 처리하면서 나는 석사와 박사 학위를 받았다. 박사취득 후 지도교수는 기업에서 실무를 경험하라며 나를 지금의 이 마케팅 연구소에 추천했다. 학교를 떠나던 날 교수는 어깨를 두드려 주면서 말했다.

"기업이 어쩌면 자네 적성에 맞지 않을 수도 있으니 학교로 돌아오고 싶으면 언제든지 오게나."

교수 말처럼 내게는 학교가 더 어울렸던 것 같다. 누군가와 섞이지 않고, 자기 일에 충실하면 인정받는 삶. 하지만 지도교수가 석연치 않은 연구비 횡령사건으로 학교를 떠나자 돌아갈 기회는 사라져버렸다. 교수는 독일로 이민을 떠나면서, 우리 사회는 모난 돌이 정을 맞고 어떻게든 둥글어지기를 강요한다며 비판했다. 아쉽지만 이 나라에 미련이 없다고 했다. 교수와 그 뒤 몇 번 통화를 했지만 그것마저도 시간이 지나자 끊겨버렸다.

박사학위를 받던 날 섬의 선착장 게시판 맨 위에 현수막이 나붙었다. 당시 교도소를 출소하고 서울 어디선가 무슨 사업을 한다던 형이 어머니에게 전화를 해서 현수막을 붙이라는 독촉을 했다고 들었다.

'경축, 경주 김 씨 고 김부영 차남 경영학 박사학위 취득'

실체도 없는 섬의 종친회 이름으로 나붙은 현수막을 보고 어머니는 한없이 울었다고 했다. 섬에서 최고로 잘 나간다는 박 씨 집안에도 박사학위를 받은 이는 아직 없었다.

내가 중학교를 졸업하고 도시에 있는 고등학교에 진학할 즈음 아버지는 일가친척 한 명 없고, 박 씨 집안 사람들이 득세하던 섬마을에서 작은 양식장을 마련했다. 그렇게 싸우며 추진했던 어촌지도소도 섬에 유치하며 섬 발전을 견인했다. 조립식이긴 했지만 집도 새로 지었다. 아버지가 자리를 잡아갈수록 박 씨 집안 사람들은 아버지에게 더 시비를 걸었다. 그때마다 아버지 또한 강하게 그들에게 맞섰다. 한번 저들에게 우습게 보이면 이 섬에서 살 수 없다는 말을 하곤 했다.

킹을 제등에 묻고 섬을 떠난 형이 수없이 사고를 치고, 결국에는 교도소까지 들어가게 되자 아버지는 형을 아주 없는 자식으로 쳤다. 대신, 나에게 모든 기대를 거는 것 같았다. 그것이 때로는 부담이었지만 뒤늦게 터전을 잡은 아버지의 경제력으로 대학을 무리 없이 마칠 수 있었다. 아버지는 내가 대학교를 졸업할 무렵 간경화가 악화되어 돌아가셨다.

아버지의 장례식 때 형은 나타나지 않았다. 형에게 연락할 길이 없었다. 원양어선을 탔거나 아주 해외로 나갔다는 소문이 돌았다.

아버지의 장례에 박 씨 일가가 많이 다녀갔다. 언제 서로 갈등을 빚었냐는 듯 아버지의 죽음 앞에서 예를 갖추고 격식을 차리는 박 씨 집안의 돌변한 태도를 보고 있으려니, 무언가 속에서 고약한 감정이 일었다. 나는 이해할 수 없었다. 도대체 무엇 때문에 박 씨 일가가 아버지를 그토록 견제했고, 아버지는 왜 그렇게 맞서 싸웠던 것일까. 이 좁은 섬 안에서는 나누어도 부족할 판이었다. 그런데도 먼저 터를 잡았다는 이유로 한쪽은 함께 살러 온 외지인을 윽박지르고, 새 터전을 꿈꾸던 한쪽은 부당하다고 맞섰다. 성인이 된 내 눈으로 보기에는 박 씨 집안의 그 유세도, 아버지의 힘겨웠던 대항도 모두 안쓰러웠다. 어딘가 접점이 있을 것도 같았지만 누구도 애써 그런 것을 찾으려 하지 않았다.

장례식이 끝나고 어스름이 짙어갈 무렵, 나는 형이 킹을 묻었던 제등으로 올라갔다. 방풍림으로 심은 소나무는 더 크고 굵어 있었다. 잔디가 잘 다듬어진 제등 어디에도 킹의 흔적은 없었다. 킹을 묻었을 법한 자리를 찾아보려 했으나 어딘지 확실하지 않았다. 바람만 소나무를 흔들고 지나갔다. 킹! 킹! 어디선가 형이 킹을 부르면 대답하듯 짖던 킹의 소리가 들려오는 듯했다.

연구소장의 말을 보니 승진에서 이번에도 누락될 것이 뻔했다. 연구소장과 대화를 나누는 것마저도 불편했다. 속이 울렁거리며 금방이라도 토할 것만 같았다.

"소장님! 죄송합니다. 속이 좀 불편해서 실례하겠습니다."

"아니, 김 박사 정말 이럴 건가? 내가 이렇게 부탁하는데, 그동안 섭섭한 것 내가 다음 기회에 다 풀어준다잖은가."

뱃속에서 꾸루룩거리는 소리가 났다. 미간에 주름이 저절로 생겨났다. 나는 연구소장에게 손을 내저으며 화장실을 향하려다가 나도 모르게 단호한 목소리로 내 안의 음성을 토해냈다.

"사실, 많이 섭섭합니다. 또 다음이라뇨. 제가 이 연구소에는 호구입니까? 며칠 쉬면서 생각을 좀 해야겠습니다."

나는 애써 담담하게 말하려 했지만 자꾸 뜨거운 기운이 명치끝에서 솟구쳐 올라와 목소리가 높아졌다. 소장이 일순 당황한 듯 헛기침을 했다. 소장의 얼굴이 붉어졌다. 형을 찾아보라는 어머니의 전화를 받았지만 처음부터 휴가를 낼 작정은 아니었다. 주말에 형의 행적을 찾아도 충분했다. 하지만 한번 우습게 보이면 영원히 만만하게 본다는 아버지의 말이 소장의 붉어진 얼굴을 보면서 떠올랐다. 어쩌면 만년 대리 꼬리표를 떼지 못한 것은 아내의 말처럼 내가 소장에게 살갑게 굴지 못해서가 아니라 내 목소리를 분명하게 내지 못해서인 것 같았다. 나는 모바일로 휴가원을 내겠다고 말하고 급히 연구소장의 앞을 벗어났다.

화장실을 향해 뛰면서 어쩌면 정말 연구소를 떠나야 할지도 모른다는 생각이 들었다. 그동안 나는 내 일을 제대로 하면서 때를 기다리면 될 줄 알았다. 그렇게 하다 보면 누군가는 나를 알아줄 거라 믿었다.
 아내 말이 맞았던 것일까. 나는 지금껏 회피하고 있다는 생각을 애써 부인했다. 전면으로 나서지 않는 한 상처받을 일이 없는 삶도 괜찮다고 생각했다. 그것도 삶의 한 양식이고, 누군가는 그렇게 살아도 행복할 수 있을 거라고 믿었다. 모두가 앞에 서고, 적극적으로 자기를 주장하고, 경쟁의 한복판에서 큰소리를 내는 것이 싫었다. 그런 것이 결국 회피에 불과했다는 자괴감이 올라왔다.

 형이 잠시 머물렀다는 북한산자락의 거처는 딱히 집이라기보다는 움막에 가까웠다. 등산로를 한참 비켜나서 골짜기가 내려다보이는 구릉에 한 무더기 바위가 군락을 이루고 있었다. 큰 바위 두 개가 엇비껴 생겨난 공간에 나뭇가지를 잇대어 바위틈새를 촘촘하게 막고, 싸리나무가지와 억새를 엮어 지붕을 올려놓았다. 비바람 정도는 거뜬히 피할 수 있을 것 같았다. 싸리나무로 엮은 문을 열고 들어가 보니 안이 의외로 넓었다. 바위벽 쪽으로 자잘한 돌을 모아 쌓은 재단에 팔뚝 길이만 한 돌부처가 좌정해 있었다. 돌부처 주변으로 손바닥 크기의 나무 조각상들이 좌우로 여러 개 진열되어 있었다.
 언뜻 보면 움막 안은 고행을 하는 수행자의 거처처럼 보였고, 조각가의 작업실 같기도 했다. 물기를 머금은 공기 속에서 목향이 풍겼다. 나는 숨을 한 번 깊게 들이마시고 돌부처를 향해 가까이 가다가 소스라치게 놀라서 우뚝 멈춰 섰다. 부처상인 줄로만 알았던 얼굴은 부처가 아닌 개의 형상이었다. 몸은 부처를 닮았지만 얼굴은 개의 두상을 하고 있었다. 눈빛은 매섭게 앞을 노려보았고, 으르렁거리는 것처럼 살짝 벌린 입에는 날카로운 이빨이 보였다. 콧등과 두 눈 사이에는 주름이 생생했다. 금방이라도 입을 쩍 벌리며 컹— 하고 짖을 것만 같았다. 주변에 진열된 나무 조각상도 자세히 보니 표정이 조금씩 다른 개의 형상이었다. 나는 쫓기듯 움막을 나왔다. 가슴이 울렁거렸다. 세상에 개 부처라니!

 움막 밖 공터 오른쪽으로 어른 서넛은 능히 앉을 만한 크기의 돌 평상이 있었다. 평상 한가운데 길쭉한 바위가 탑처럼 세워져 있었다. 바위는 미세하게 정으로 쫀 흔적이 보였다. 하단부는 좌정한 부처의 형태를 띠었고, 몸통과 상단부는 아직 어떤 형상도 하고 있지 않았다. 형은 이 바위마저 킹을 닮게 조각하려고 했던 것일까? 구슬땀을 흘리며 킹의 도도한 형상을 조각하는 형의 모습이 상상되었다. 그것은 수행이며 다짐이며 자기 확신에 다름 아니었을 것이다. 조각을 완성하지 못하고 무슨 황망한 일이 있어서 떠난 것일까.

 나는 심란한 마음을 진정시키고, 다시 움막 주위를 둘러보았다. 산등성이를 등지고 주변보다 솟아오른 구릉에 자리 잡은 움막에선 아래 골짜기가 훤히 내려다보였다. 문득, 박 씨 집안 선산이 있던 제등이 떠올랐다. 용두산을 병풍처럼 등지고 마을을 내려다보던, 흡사 임금의 어좌 같은 곳이었다. 움막은 바로 그 제등과 지형이 비숫했다. 들어올 때는 보지 못한 대불암이라고 쓰인 나무명판이 움막 입구에 조그맣게 걸려있었다. 이곳에서 형은 등산객을 상대로 점을 보고, 사주를 짚어줬다고 했다.

형이 어떻게 해서 사람들의 운명을 점쳐주는 점사가 되었는지는 모른다. 하지만 형이 용하다는 입소문이 나면서 점을 보러 오는 사람들이 늘어났고, 누나가 가끔 생필품과 밑반찬을 가져다주었다고 했다. 나는 잠깐 눈을 감고 형이 이 움막에서 어떻게 행동했을까를 상상했다. 형이 무속인이 되었다는 것이 전혀 이해되지 않으면서도 어쩌면 형으로선 그것이 최선일 수도 있었다는 생각도 들었다.

그때 움막으로 일단의 사람들이 몰려오는지 웅성거리는 소리가 들렸다. 눈을 뜨고 보니 등산복 차림이 아니고 정장을 잘 차려입은 사람들이었다. 분명, 이 움막을 찾아 일부러 올라온 듯했다.

"대불거사님은 아직도 안 오셨나?"

양복에 의원 배지를 찬 중후한 중년 신사가 움막 안을 기웃거리며 혼잣말로 말했다. 그리고는 나를 향해 물었다.

"혹, 대불거사님 못 보셨소?"

"네?"

나는 어정쩡하게 대답했다.

"어디로 기도를 가셨나?"

중년 신사는 난감한 표정을 지었다.

"어머나! 그럼 이를 어째. 저는 거사님께 꼭 개업날짜를 잡아야 하는데요."

투피스 정장으로 한껏 멋을 부린 젊은 여자가 발을 동동 구르며 말했다. 움막 앞마당에 서성거리던 일단의 무리들은 제각각 떠들었다. 그들은 형이 자신들의 고민거리를 해결해준 사례를 자랑하듯 말했다. 어떤 이는 자신의 정성이 부족해서 형이 돌연 사라져버렸다고 한탄했다. 아무리 형이 수행을 위해서라고 해도 이런 움막에서 거처하게 해서는 안 되었다고도 했다. 몇몇이 박수로 맞장구를 쳤다. 그들의 말속에는 정말로 소중하고 귀한 존재가 사라진 것에 대한 말할 수 없는 안타까움과 아쉬움이 묻어났다.

"그렇잖아도 제가 미리 산 입구에 암자가 될 만한 집을 보아두고 조만간 거사님을 그리로 모시려 했는데 이런 낭패가 벌어졌습니다."

중년 신사가 얼굴을 찌푸리며 자책하듯 말했다.

"이곳이 좋은 기도처라는 거사님 말만 믿고 너무나 소홀했습니다. 제 일이 바쁘다는 핑계로 거사님의 거처를 공양하지 못했습니다. 다 제 탓입니다."

순간, 무리들 사이가 숙연해지고 어떤 이는 합장을 하고 움막을 향해 연신 허리를 조아렸다. 이들의 말을 듣고 있으려니 나는 형이 어떤 사람인지 더 궁금해졌다. 그동안 형에게 무슨 일이 있었던 것일까. 족집게 점사. 과연 형은 신내림을 받고 저들의 운명을 짚어주었을까. 그러나 아무리 생각해봐도 신내림과 형은 그 어디에도 접점이 없었다. 억지로 생각을 꿰맞춰보면 달변가인 형이 그 화려한 언변으로 저 사람들의 마음을 사로잡지 않았나 싶었다. 형은 일단 행동하는 사람이었으니 문제가 생기면 저돌적으로 밀어붙이라는 주문을 사람들에게 수도 없이 했을 것이다. 결코 뒤로 물러나지 말라는 말과 함께.

고등학교 1학년 여름방학이 끝나갈 무렵 형이 자취방으로 찾아왔다. 양복을 말쑥하게 차려입은 모습이었다. 형은 그렇게 소원했던 체육고등학교에 입학했지만 선배를 두들겨 패고 자퇴해버렸다. 방랑자처럼 도시에서 도시로 떠돌며 온갖 흉흉한 소식을 전해주었을 뿐, 섬에 한 번도 내려오지 않았다.

형은 나를 보자 하얀 이를 드러내며 미소부터 지었다. 불같이 화를 내다가도 웃을 일이 생기면 잇몸을 다 드러내고 활짝 웃던, 어릴 적 그 웃음이었다.

형은 양판점에서 가전제품이며 도자기 그릇을 도매로 받아서 길거리에서 팔았다. 깔끔하게 양복을 차려입고 사람들이 지나가면 리드미컬하게 박수를 쳤다. 박수소리에 사람들이 고개를 돌리면 도자기 접시 하나를 길거리로 힘껏 내던졌다. 쨍그랑하고 깨져야 할 접시가 아스팔트 위를 날렵하게 날며 미끄러지다가 멈췄다. 사람들은 느닷없는 그 풍경에 깜짝 놀라며 호기심을 보였다. 어떤 이들은 접시가 깨지지 않은 것을 신기하다며 만져보기도 했다. 그때부터 형의 달변이 시작되었다. 사투리가 섞인 말로 거침없이 신실한 한 도공의 혼이 깃든 도자기에 대해 읊어 내렸다. 아주머니들은 넋을 놓은 채 형의 이야기를 들었다. 한판 연설 같은 홍보가 끝나고 나면 아주머니들 손에는 그릇세트나 가전제품이 들려있었다. 세일현장에서 본 형은 모든 것을 완벽하게 제압하는 왕과 같았다.

　형의 세일은 대부분 성공했지만 내 마음 한구석에는 형의 광기가 언제 어떻게 폭발할지 예측할 수 없어서 두려웠다. 사람들 앞에서 눈을 번뜩이며 신명나게 내뱉는 형의 말과 몸짓은 오래전 킹을 데리고 박 씨를 초죽음이 되도록 두들겨 패던 때를 연상시켰다. 무엇에 홀린 듯이 몰입했고, 몰입하면 모든 것을 자기에게로 끌어들였다. 카랑카랑하고 정확한 발음으로 표호하듯 말하는 목소리는 사람들의 발걸음을 잡아두었다.

　그러나 불규칙한 생활이 문제였다. 형은 돈을 벌기 바쁘게 며칠이고 어디론가 사라졌다. 황음과 통음으로 그 돈을 탕진한 뒤 술냄새가 가시지 않는 모습으로 들어와 며칠이고 잠만 잤다. 잠이 깨면 또다시 양판점에서 물건을 받아와 판을 벌렸다. 양판점에서는 형의 실력을 알고 딱히 보증 없이도 물건을 내주었다.

　1학년 학기 말이 되면서 눈바람과 함께 추위가 몰려왔다. 나는 학교에서 소위 말하는 잘 나가는 아이들에게 린치를 당했다. 딱히 그들과 문제가 있지는 않았다. 나는 시골아이답게 조용히 내 자리에 앉아서 공부만 했고, 친하게 지낸 친구도 거의 없었다. 학기 말시험성적이 발표되었다. 줄곧 2, 3등에 머물던 내가 1등이었다. 집안 좋고 싸움 잘하고 공부도 제법 한다는 소위 일진 무리들이 나를 화장실로 끌고 갔다. 그들은 번갈아가며 내 뺨을 때리고 주먹으로 가슴을 쳤다. 무릎을 꿇으라고 했다. 나는 그들에게 어떠한 반항도 하지 못했다. 그저 어서 이 상황이 내게서 지나가기만을 바랬다. 한참이 지나 무리에서 리더인 반장이 손바닥으로 뒤통수를 후려치면서 말했다.

"촌놈새끼가 감히 나를 넘봐, 감히!"

그것이 신호라도 되듯 그들은 번갈아가며 내 뺨을 때린 후 화장실을 나갔다. 나는 한참동안 변기 옆에 쪼그리고 있다가 겨우 일어나 때가 잔뜩 낀 거울을 보면서 세수를 했다. 코가 부어오르고 입술이 터져 피가 흘렀다. 거울 속에 어디서 많이 본 얼굴이 나타났다. 아버지! 바로 아버지였다. 박 씨 집안 사람들과 사사건건 다투던 아버지를 보면서 나는 되도록 갈등을 피하고자 했다. 하지만 나의 희망과는 상관없이 그들은 나를 가만 두지 않았다. 그때 차라리 아버지처럼 적의를 드러내면서 죽기를 각오하고 싸워야 했을까?

퉁퉁 부은 얼굴로 집에 온 내게 형은 불같이 화를 냈다. 다짜고짜 누구에게 맞았냐고 닦달했다. 나는 계단 청소를 하다가 발을 잘못 디뎌 굴렀다고 했다. 형은 믿지 않았다. 그날 밤 형은 내게 소주 한 병을 억지로 마시게 하고는 내 윗옷을 벗겼다. 자신의 웃통도 드러나게 옷을 벗었다. 가슴을 내 앞으로 들이밀며 때리라고 했다. 머뭇거리는 내 뺨을 사정없이 후려쳤다. 형의 힘에 밀려 머리가 벽에 부딪쳤다. 형이 다시 손을 들어 나를 때리려는 순간 나는 있는 힘껏 주먹을 쥐고 형의 가슴을 쳤다. 형이 흠칫 뒤로 물러나더니 다시 가슴을 내게 들이댔다. 나는 온힘을 다해 형의 가슴팍을 때렸다. 형이 '그렇지!'라고 소리쳤다. 순간, 울컥하고 울음이 터져나왔다. 나는 소리를 지르면서 방문을 박차고 도망쳤다. 신발도 신지 않은 채 정신없이 밖으로 내달렸다. 매서운 눈비가 사정없이 벗은 몸 위로 들이쳤다. 온몸이 화상을 입은 것처럼 따끔거렸다. 뒤에서 형이 뭐라고 부르는 소리가 들리는 것도 같았다. 뒤돌아보지 않았다. 고인 빗방울이 사방으로 튀고 발바닥은 화끈거렸다. 정신없이 내달려 어느 컴컴한 집의 처마 밑으로 숨어들어서야 겨우 한숨을 쉬고 쪼그려 앉았다. 쉴 새 없이 눈물이 흘렀다. 금방이라도 형이 쫓아와 멱살을 잡을 것만 같아 소리를 낼 수도 없었다. 추위로 온몸이 바들바들 떨렸다. 알 수 없는 서러움과 분노가 치밀어 올랐다. 형에 대한 분노인지 나를 때린 녀석들에 대한 분노인지는 확실치 않았다. 어쩌면 나에 대한 자괴감인지도 몰랐다. 몸을 웅크리고 처마 밑에서 간신히 비를 피했다. 그리고 까무룩 잠이 들었다.

눈을 떴을 때는 병원이었다. 어머니가 나를 내려다보고 있었다. 나는 끝내 소위 잘 나가는 일진 아이들에게 맞았다는 말을 하지 않았다. 술 취한 형이 동생을 괴롭힌 것으로 일단락되었다. 형은 병원에 들르지도 않고 어디론가 훌쩍 떠나버렸다. 나는 더 이상 형을 보지 않아도 된다는 사실에 그저 가슴을 쓸어내렸다. 그해 겨울방학이 시작될 때까지 어머니가 자취집에 머물러주었다.

어둠이 움막으로 기어 들어왔다. 형을 걱정하던 무리들은 어스름이 깔리기 전에 내려갔다. 나는 가까운 거리에 있는 누나 집으로 갈까 하다가 그만두었다. 그리고는 움막 안에서 침낭을 찾아 구석진 자리에 펼쳤다.

어둠이 짙어가는 움막 안을 휘 둘러보았다. 중간쯤 타다만 초가 돌부처 아래에 있었다. 라이터를 켜서 불을 붙이자 어둠이 둥그런 불꽃 바깥으로 물러났다. 촛불에 비친 돌부처 같은 킹의 흉상은 낮에 보았을 때보다 훨씬 더 사나워 보였다. 나뭇가지 사이를 비집고 들어온 바람에 촛불이 일렁거렸다. 불꽃이 움직이자 킹 흉상 옆에 도열된 작은 개 조각상들의 그림자가 한꺼번에 일렁이며 움직였다. 마치 개들이 살아나서 산 아래 사람들이 형에게 쏟아놓고 간 이야기를 킹에게 고스란히 전달하는 것 같았다.

형은 밤이 깊으면 어둠 속에서 사람들을 대신해 킹을 향해 명령한 것은 아니었을까. 자신이 킹을 부렸던 것처럼 세상 사람들에게 그들 안의 킹을 깨워서 부리라고 주문하지 않았을까. 결정적인 순간에 '물어라 쉭'이란 명령을 내리라고 말하지 않았을까.

나는 가부좌를 틀고 앉았다. 눈을 감고 언젠가 연구소 연수프로그램에서 배웠던 명상자세를 취했다. 호흡을 가다듬었다. 바람소리가 났다. 촛불이 일렁거렸다. 밝음을 묻힌 어둠이 눈두덩을 스쳤다. '킹―'이라고 부르던 형의 목소리가 아련히 들렸다. 컹, 하고 대답하며 달려오는 킹의 모습도 떠올랐다. 박 씨들과 멱살잡이를 하고 와 찬물을 바가지째 마시던 아버지도 떠올랐다. 왜 그리 움츠리고 사느냐며 회피하지 말라던 아내의 타박도 들려왔다. 그리고 형의 성화로 동네 어귀에 붙였다던 현수막의 글귀가 떠올랐다.

'경축, 경주 김 씨 고 김부영 차남 경영학 박사학위 취득'

아! 그때는 몰랐다. 왜 문구에 내 이름은 없고 아버지의 이름이 들어갔는지를……. 형은 아버지 영전에나마 박 씨들이 머리를 조아리게 하고 싶었던 것이다. 형은 내가 아버지의 킹임을 보여주려 했던 것이다. 형이 킹과 함께 웃고 있는 모습에 겹쳐 아버지의 얼굴도 떠올랐다. 아버지는 얼핏 웃고 있는 것도 같았다. 나는 오랫동안 가부좌를 튼 채 그 이미지를 망막 깊은 곳에 새기고 새겼다. 몸은 피곤했지만 정신은 더 또렷해졌다. 새벽이 다 되어서야 추위가 느껴졌다. 나는 가부좌를 풀고, 침낭 안으로 들어가 몸을 뉘였다. 졸음이 쏟아졌다.

몸이 부르르 떨려 눈을 떴다. 잠깐 의식의 공허상태가 찾아왔다. 어디인지 얼른 분간이 안 되다가 형의 움막이라는 사실을 어슴푸레하게 눈에 들어오는 킹의 흉상을 보고야 알았다. 아직 어둠이 짙었다. 바지주머니 속 휴대폰이 요란하게 진동했다. 침낭에서 몸을 일으켜 휴대폰을 열었다. 휴대폰의 불빛에 어둠이 한 발짝 물러났다.

"막내냐? 사실은 네 형 애기를 가졌다는 처자가 집에 와 있다. 형이 이리로 보냈다는데 많이 불안해하는구나. 꼭 네 형 찾아서 이리로 내려보내야 한다. 알겠니? 곧 출산이니……."

형이 킹을 훈련시킬 때 가장 마지막으로 내린 명령은 '물어라 쉿'이었다. 그러면 킹은 형의 손짓이 가리키는 목표를 향해 쏜살같이 달려가 이빨을 드러낸 채 으르렁거리며 쉴 새 없이 물어뜯을 틈을 노렸다. '쉬어'라는 명령을 내리지 않으면 킹은 멈추지 않았다. 형은 킹처럼 살았다. 아니 킹처럼 살고 싶어 했다. 저돌적으로 달려들 것. 한번 물면 끝까지 놓지 않을 것. 힘을 기를 것. 형은 가끔 나에게도 킹처럼 살라고 주문했다. 하지만 형은 더 이상 킹처럼 살 수 없다는 사실을 알게 되었는지도 모른다. 기분이 이상했다. 나는 이제야 '물어라 쉿'이란 명령을 이해할 것 같았다. 형은 이제 내가 되고, 나는 이제 형이 되려고 하는 것일까.

움막을 나와 박명이 쌓인 골짜기 아래를 내려다보았다. 멀리서 먼동이 트고 있었다. 나는 손나팔을 만들어 목청껏 킹을 불렀다. 킹! 되돌아온 메아리가 킹인지 켱인지 분간할 수 없었다. 어둠이 서서히 걷히면서 멀리 골짜기 아래 도시의 윤곽이 드러났다. 나는 단호한 음성으로 절도 있게 명령을 내렸다.

"물어라 쉿!"

# NLL

# NLL

• • •

*

　리해방 선장은 어구를 손질하다 말고 바다를 향해 눈길을 던졌다. 구름이 몰려오는 걸로 보아 한바탕 비가 쏟아질 것 같았다. 바람만 불지 않는다면 꽃게잡이 조업을 하는 데는 크게 문제될 것이 없었다. 날씨보다 벌써 1주일째 조업을 중단시킨 어선출입항관리소의 조치가 더 걱정스러웠다. 조업을 나갈 때는 신고를 하라는 느닷없는 연락을 받았을 때만 해도 의례히 하던 형식적인 통보라고 생각했다. 그러나 막상 조업출항신고를 하고 바다로 나가겠다고 하니 관리소에서 허락을 해주지 않았다. 이유라도 정확하게 알았으면 싶은데 특별한 언급이 없었다. 남조선의 상황과 관련이 있으려니 막연히 추측할 뿐이었다.
　그 다음날에도 또 다음날에도 출항은 허락되지 않았다. 꽃게가 살이 한창 올라 지금이 상품가치로서는 최고조에 달할 시기였다. 중국과 러시아로 수출되어 외화벌이를 하는 데 톡톡히 한몫을 하고 있는 꽃게잡이를 당이 이렇게 오랫동안 금지시킨 적은 없었다. 미국의 제재로 수출이 예전처럼 활발하지 않다 하더라도 꽃게는 없어서 못 파는 상품이었다. 비교적 왕래가 자유로운 중국인들에게도 우리 공화국의 꽃게는 인기가 많았다. 분명히 쉽사리 밝힐 수 없는 중대 사태가 벌어진 것임에 틀림없다고 리 선장은 생각했다.

리 선장을 비롯한 해방호 선원인 장 동무와 이 동무는 이번 봄의 꽃게잡이를 잔뜩 벼르고 있었다. 그간의 조업에서 다른 어선에 비해 성과가 작았던 해방호로서는 자신들이 제일 자신 있는 꽃게잡이에서 실력발휘를 하리라 은근히 벼르고 있던 터였다. 당에서 부과하는 공로점수를 올려서 3년 전 해방호가 으뜸어선으로 위대한 위원장님의 공훈패를 받았던 영광을 재현하고 싶었다. 아니 그보다 한 번 더 으뜸어선으로 선정되면 받게 될 영웅칭호에 더 욕심을 내고 있었다. 영웅칭호를 받기만 하면 자신들은 물론 자녀들의 앞길까지도 탄탄대로가 될 것이었다. 영웅칭호는 공화국에서 사상적으로는 최고의 충정을 지닌 것임을 인정받는 것이고 능력 면에서는 위대한 위원장님의 영도 아래 혁혁한 공훈을 세웠다는 것을 대외적으로 표방하는 것이었다. 공화국에서 보증수표로 통하는 영웅칭호는 모든 인민들의 꿈이었다.

그러나 해방호 선원들의 조바심에는 아랑곳없이 어선출입항관리소의 출항허가는 계속 미뤄졌다. 바다로 나가는 어선은 한 척도 없었다. 닻 자망 어선이 떠 있어야 할 바다에는 대신 군함이 진을 치며 집결했다. 장산곶은 각종 해안포가 배치되어 한시라도 있을지 모르는 미 제국주의와 남조선의 침략을 단호하게 격퇴시킬 전선서부지구사령부가 있는 전략기지였다. 장산곶으로 군함이 추가 배치된다는 것은 서해에서 위기가 고조되고 있다는 것을 암시하는 것이었다. 심상치 않는 분위기가 바다를 휘젓고 있었다.

이러다가 꽃게철이 다 지나버릴 것 같아 리 선장은 조바심이 났다. 3월도 벌써 초순을 넘어가고 있었다. 꽃게는 3월 중순이 되면 암게가 산란을 시작하여 6월 하순께에 산란을 마치고 폐게가 되기 때문에 산란을 시작하기 전에 잡아야 제값을 받을 수 있었다. 이때의 꽃게는 수게 암게 모두 장이 꽉 찰 정도로 살이 통통하게 올랐다. 특히나 암게는 산란을 위해 수게를 유인하려고 몸에서 페로몬을 배설물과 함께 배출하기 때문에 독특한 맛과 향이 나서 최고의 상품가치를 받을 수 있었다. 그런데 도대체 무슨 일이기에 이 황금시기에 해마다 그렇게 독려했던 꽃게잡이를 금하고 있는지 리 선장의 궁금증은 더해만 갔다.

"저 당분간 출근 아니하게 되었슴메."

처 순영이 출항을 못하고 되돌아오는 리 선장을 향해 말했다.

"아니 고게 무슨 말임메. 늘상 야근까지 해가 생산량을 맞춰야 한다 아니했슴?"

"고조 벼락스럽게 생산이 중단되었다 아임니꺼."

"거 참 이상코마. 출항도 못하게 하고, 개성공단에서 물품생산을 다 중단코. 아무래도 무신 사단이 터진 거 아임메?"

리 선장은 고개를 절레절레 흔들며 다시 집을 나섰다. 어찌된 영문인지 그 내막을 알아야 속이라도 덜 답답할 성싶어 발걸음이 빨라졌다.

\*

2016년 2월!

지구상에서 유일한 분단국가로 거론되는 한반도의 북쪽에서 로켓을 하늘로 쏘아 올렸다. 광명성호라 이름 붙여진 로켓은 1~3단 추진체가 정상적으로 분리됐고, 탑재체인 '광명성 4호'는 위성궤도에 진입한 것으로 확인됐다고 북한이 발표했다. 미국 전략사령부도 북한의 발사체가 정상적으로 우주궤도에 진입한 것을 확인해주었다. 남측 국방부는 이 발사체가 로켓이 아니라 사거리 1만 2,000km의 사실상 ICBM, 즉 대륙간탄도미사일이라며 강력하게 비난하고 나섰다. 미국 역시 북한이 미사일 발사를 강행한 것은 핵확산금지협약을 위반한 것으로 한국과 미국은 즉각 사드배치를 협의할 것이라고 발표했다. 이에 대해 중국 관영언론인 환구시보는 한국 국방부와 미국의 사드 주한미군 배치는 '전략적 단견'이라고 비판했다. 중국은 가만히 앉아있지만은 않을 것이라고 으름장을 놓았다.

*

"우리와 국제사회가 북한의 핵미사일 고도화를 차단하기 위해 제재를 강화하고 있는 시점에서 개성공단 가동이 대량살상무기 개발에 이용되는 일이 결코 있어서는 안 될 것입니다. 이에 정부는 이러한 엄중한 인식을 바탕으로 고심 끝에 개성공단을 전면 중단하기로 결정하였습니다."

바로 어제 고민이라고는 털끝만치도 해보지 않은 무표정으로 통일부 장관의 담화발표를 듣던 수복은 심한 현기증에 휘청거리는 몸을 제대로 가누지 못했다. 이어지는 아나운서의 말은 들리지 않았다. 개성공단을 전면 중단한다는 어휘가 포탄처럼 날아와 가슴에서 터졌다. 북한에서 먼저 개성공단을 중단하는 것도 아니고 우리 정부가 먼저 중단을 선언하고 있었다. 수복은 모든 것이 끝났다고 직감했다. 모든 것을 포기하고 눈을 감고 싶었다. 소파의 귀퉁이가 무너지는 몸을 지탱해주지 않았다면 바로 바닥으로 쓰러졌을 것이다.

수복의 눈앞으로 숱한 장면들이 영화필름처럼 돌아갔다. 크게 웃고 있는 박 사장! 냉정하게 잘라 말하는 S은행장, 그리고 슬픈 표정의 아버지, 울고 있는 아내, 넋 나간 듯 멍한 눈동자의 직원들! 수복은 파르르 떨리는 다리를 더 이상 주체하지 못하고 소파 뒤로 주저앉고 말았다. 이리 되려고 그 많은 시간을 그렇게 뛰고 달렸을까 싶어 왈칵 눈물이 쏟아졌다. 북한이 우리 정부의 발표에 맞서 어떤 조치를 취할지 수복은 이미 예상하고 있었다. 천안함 사태 때처럼, 한

미군사훈련 때처럼 잠깐 중단했다가 다시 문을 열 수 있는 상황이 아니었다. 어쩌면 북한은 개성공단 남한 기업의 자산을 그대로 동결해 버릴지도 몰랐다. 금강산 때도 그랬으니 두 번 그러지 말라는 법이 없었다. 그런 것을 이 정부는 알기라도 하고 있는 것일까.
 텔레비전 뉴스에서 속보라는 자막이 떴다.

> 북한 남측인원 추방, 남측 자산 전면 동결, 개성공단 지구와 인접한 군사분계선 전면봉쇄, 북남관리구역 서해선 육로 차단, 개성공업지구 폐쇄 후 군사통제구역 선포.

 곧바로 특별속보 방송이라며 화면이 바뀌었다. 아나운서의 말이 윙윙거리다가 아득해졌다. 뭐라고 더 뉴스가 진행되는 것 같았지만 수복의 귀에는 더 이상 들리지 않았다. 수복은 답답한 가슴을 쿵쿵 두드렸지만 소용이 없었다. 울컥 비린내가 목구멍을 타고 오르며 구토증이 몰려왔다. 순간, 천정이 빙글거리며 수십 개의 동그라미를 만들면서 돌았다. 정신을 차려야 한다고 생각했으나 한번 맴돌기 시작한 동그라미는 점점 그 속도가 빨라졌다. 수복은 아득한 어둠 속으로 온몸이 빨려드는 것을 느꼈지만 이미 어떻게 해볼 만한 기운이 남아있지 않았다. 털썩 주저앉으며 정신을 잃고 말았다.

*

리 선장의 처 순영은 개성공업지구에서 알아주는 미싱 일꾼이었다. 처음 개성공업지구가 사업을 시작한 때부터 줄곧 남조선의 블루패션이라는 공장에서 일했다. 1년 전부터 3교대로 돌아가는 근무조의 조장을 맡아 어느 때보다 바쁜 시간을 보냈다. 순영이 처음 개성공단에 노력알선기관을 통해 지원할 때는 다른 일꾼들이 눈치를 보느라 적극적으로 지원하지 않았다. 순영도 산업역군으로 치켜세우는 당의 선전이 없었더라면 쉽게 개성공업지구에서 일하리라고 결심하진 못했을 것이다. 무엇보다 남조선 기업들의 옷을 만든다는 것이 썩 내키지 않았으나 민족끼리 자주독립하는 상생의 길을 걷게 되었다는 선전방송을 듣고 기대 반 두려움 반의 심정으로 첫 출근을 했다. 출근 전, 당에서는 몇 가지 주의를 주었다. 일과 관련되지 않는 어떤 이야기도 남조선 직원들과는 하지 말라는 것이 첫 번째 사항이었다. 그밖에도 인민들의 생활에 대해서 공개적으로 이야기하지 않을 것과, 또 개성공단 내 남조선 관계자들의 일상생활에 대해서 일체 인민들에게 전하지 말 것 등이 요지였다.

출근 첫날 블루패션 사장이라는 사람이 연설을 했다. 김수복이라고 자신을 소개한 사장은 양복을 맵시 있게 차려입은 신사였다. 온화한 얼굴에 미소 띤 표정으로 이야기하는 김 사장은 간혹 더듬거렸지만 목소리는 크고 카랑카랑했다. 역사적인 순간이라며 잠시 목이 메는 듯 뜸을 들이더니 개성공업지구에서 최고로 북남협력의 모범적인 회사를 만들겠다고 주먹을 쥐어 보이며 흔들었다. 그의 연설을 듣고 순영은 자신도 모르게 박수를 쳤다. 두려움은 어디론가 사라지고 없었다. 잔뜩 경계했던 남조선 사람들에 대한 의구심도 살며시 사라졌다. 무엇보다 김 사장이 연설을 끝내고 한 명 한 명 직원들의 손을 잡으며 잘 부탁합니다. 잘하겠습니다. 최고의 회사로 만들어주십시오. 그렇게 세 마디를 반복할 때는 순영 역시도 맞잡은 손에 힘을 주고 싶을 정도였다.

그렇게 개성공업지구와 인연을 맺은 지 10여 년이 흘렀으니 순영의 청춘은 개성공단과 함께였다고 해도 과언이 아니었다. 그동안 남편을 만나 결혼을 했고 이제 인민학교에 다니는 8살짜리 아들까지 두었으니 순영으로서는 개성공업지구는 소중한 일터이며 넉넉함을 안겨준 삶터였다. 그런데 최근에 들리는 소문으로 남조선에 친미정권이 들어서면서 개성공업지구가 어려워질 것이라는 얘기가 나돌았다. 그럼에도 개성공업지구는 여전히 활기에 찼고, 공장도 여느 때와 다르지 않게 바삐 돌아갔다. 당의 간섭이 부쩍 잦아지기는 했다. 처음 개성공업지구 일꾼으로 지원했을 당시처럼 주의사항에 대한 지침이 자주 내려왔다. 최근에는 총화를 목적으로 별도로 당에서 파견한 지도원이 공장에 상주하기에 이르렀다. 그는 일하는 내내 일과 관련 없는 내용의 대화가 있는지를 체크하고, 사교성 좋은 직원들에게 일과 후엔 별도로 주의를 주며 훈육을 하곤 했다. 뭔가가 조금씩 조심스러워진다고 생각했으나 사장은 여전히 개성공업지구 사무소에 상주하면서 공장을 자주 찾았고 순영을 비롯한 직원들 모두의 손을 힘껏 잡아주는 모습 또한 여전했다. 그러다가 사장이 남조선에서 중요한 회의가 있다며 내려간 것이 보름 전이었다. 사장이 남조선으로 내려간 뒤 곧바로 공장의 생산물량이 줄기 시작하더니 급기야 출근을 하지 못하는 상황까지 이르렀다. 주위의 다른 공장 또한 다르지 않았다. 남조선에서 올라온 상주직원들의 모습도 쉬 보이지 않았고, 만나더라도 부쩍 말수가 줄었다.

　지난 10여 년간 하루가 다르게 바빠지기만 했던 공단의 분위기가 급격히 위축되고 있었다. 사단이 나도 크게 났다고 순영은 생각했다. 남편마저 꽃게잡이를 나가지 못하는 상황에 이른 것을 보자 남조선이 어떤 도발을 했음에 틀림없다고 순영은 짐작했다. 그렇다면 더 이상 개성공업지구에서 일하기는 어려울 것이다. 10여 년간 쌓아올린 신뢰가 이렇게 허망하게 무너지는가 싶어 순영은 가슴이 착잡해졌다. 사장이라도 있어 뭐라고 속 시원히 얘기를 해주면 싶었지만 사장은 남조선에 내려가 소식이 없었다. 그렇게 무책임한 사람이 아니라 믿으면서도 한편으론 아무런 연락도 없는 사장이 원망스러웠다.

*

　수복이 눈을 떴을 때는 병원이었다. 아내가 근심어린 눈으로 지켜보고 있다가 수복이 눈을 뜨는 것을 보고는 호들갑을 떨었다. 금세 눈가엔 눈물이 그렁그렁 맺혔다.

"당신 다시는 못 보는 줄 알았어요! 일주일 동안이나 의식이 없어서……."

말끝을 흐리며 아내가 수복의 손을 끌어 뺨으로 가져갔다. 기억을 더듬어 올라가 보니 사무실에서 뉴스를 듣다가 쓰러진 것이 생각났다. 수복은 몸을 천천히 일으켰다. 가슴에서 통증이 느껴졌다. 다시 눈앞에서 동그라미가 맴을 돌며 현기증을 일으켰다. 기울어지려는 몸을 아내가 급히 부축해주었다.

"회사는 어찌?"

"흑!"

아내의 울음에서 수복은 모든 것이 끝났다는 것을 알았다. 말레이시아로 보내기로 했던 물량의 납품기일을 못 지켰다면 돌아오는 어음을 막을 수는 없었을 것이다. 납품기일은 어쩌면 아무것도 아니었다. 공단이 폐쇄되고, 북한 당국이 남측 직원들을 추방하고 자산을 동결했다면 미래를 기약할 수 없었다. 어지럼증이 다시 몰려왔다. 천장이 빙글빙글 돌았다. 다시 침대로 쓰러지는 수복을 아내가 다급하게 붙잡아 바로 뉘었다. 달력을 보니 개성공단에서 내려와 긴급하게 당국과 협의를 위해 통일부를 찾던 날로부터 벌써 보름이 지나 있었다. 아무리 개성공단입주기업협의체의 이름으로 당국에 대북관계와 무관하게 개성공단만큼은 순수한 경제적 측면만을 보고 기존 협의사항대로 지원과 안전을 보장해 달라는 협조문과 공문을 전달해도 당국은 어떤 특별한 답을 주지 않았다. 기다리라는 말만 되풀이할 뿐이었다.

　밀리던 주문은 실용정부가 들어서면서부터 우려를 표명하며 조금씩 줄기 시작했다. 금강산을 관광하던 민간인이 북한군의 총에 맞아 죽으면서부터 조짐은 이상하게 흐르기 시작했다. 그러다 천안함 사태 즈음에 한미군사훈련을 빌미로 북측이 공단가동을 한시적으로 중단하기도 했다. 그러나 국가원수가 두 번이나 정상회담을 하고, 세계에서도 가장 성공한 분단민족 간의 협력사업으로 평가받는 개성공단이 위기에 봉착하리라고는 아무도 생각하지 못했다. 개성공단은 3만 9천 명의 북한 노동자가 일하면서 외화를 벌어들이는 수출전진기지이면서, 남과 북의 먼 미래가 달린 평화의 아이콘이라고 믿었기 때문이었다. 남에서도 북에서도 개성공단은 서로에게 이익이 되는 윈윈게임이라고 확신하지 않았던가. 그 어떤 이념이나 정치적 이유도 이만큼 훌쩍 성장해서 남과 북 양안 간에 굳건한 현실이 된 경제협력사업을 후퇴시키지 못할 것이라고 생각했다. 그렇지만 조금씩 빗나간 신뢰는 급속도로 악화일로를 걷더니 급기야 천안함 사건에 이르러서는 회복할 수 없는 상황까지 치달았다. 그런데도 위기상황을 다 넘기고 북에서 김정은이 아버지 김정일의 뒤를 이어 최고위원장이 된 후로 수복은 살얼음을 걷는 기분이었다. 언제고 얼음이 와장창 깨지고 깊이도 알 수 없는 수렁 속으로 빠져들 것만 같았다. 꿈속에서 아버지가 자주 나타났다. 아버지의 표정에는 근심이 가득했다. 수복은 외면하듯 했지만 한편으론 아버지에게 걱정하지 말라고 속말을 던지곤 했다. 아버지는 고개를 끄덕이고는 뒤돌아 어둠 속으로 사라졌다.

아버지가 꿈에서 우려한 대로 남과 북 모두 마주보며 전속력으로 달리는 열차 같았다. 수복은 거대한 벽을 실감하고 있었다. 누가 있어 이 벽을 무너뜨릴까 싶어 가슴의 통증이 더 아려왔다.

\*

6년 전 수복은 국내에서 치솟는 임금 때문에 고민에 빠졌다. 실험삼아 열정어린 길거리 디자이너를 채용한 여성복 패션사업은 대성공이었다. 그들의 실험정신과 감각은 젊은이들을 사로잡았다. 내놓은 제품마다 디자인과 실용성에서 호평을 받았다. 온라인과 오프라인 쇼핑몰을 불문하고 블루라인이라 이름붙인 신상의 인기가 질풍처럼 여성복 시장을 누볐다. 수복은 '(주)블루패션'이라는 법인으로 상호 등록을 하고 본격적인 회사 키우기에 나섰다. 매출이 늘면서 수복은 그만큼 자신감도 커져가는 것을 느꼈다. 아버지가 돌아가실 때까지만 해도 수복에게 이런 날이 오리라고는 상상할 수 없었다.

문제는 매출액에 비해서 턱없이 높은 인건비였다. 순 마진은 제자리에 머물러 있었다. 동종업계 사장들이 중국이나 베트남으로 공장 이전을 타진하기 시작했다. 10배나 낮은 인건비는 매력적이었다. 의사소통이 잘 안 된다는 것과 직원들의 숙련도가 낮다는 것이 문제였다. 여성복은 디자인이 최우선이었지만 꼼꼼하고 야무진 재봉과 마무리 역시 중요했다. 허물없이 사업상 고충을 주고받는 사이인 박 사장은 호탕한 성격만큼 빠르게 베트남으로 공장 이전을 추진했다. 숙련된 한국 노동자를 조장으로 삼아 통역을 고용하고 베트남 인력을 채용해서 훈련시키기 시작했다. 박 사장이 베트남으로 이전한 지 6개월이 지날 때쯤 박 사장은 확연히 인건비 부분에서 절감효과를 내기 시작했다. 수복도 더 늦어서 후발주자가 되기 전에 결단을 내려야 할 상황이었다.

그때 마침 개성공단 이야기가 나왔다. 처음 개성공업지구 관리위원회로부터 개성공단 입주에 대한 공문이 왔을 때만 해도 수복은 관심조차 가지지 않았다. 휴전선을 사이에 두고 서로 총부리를 겨누고 있는 마당에, 불과 반세기 전에 서로를 죽여서라도 통일을 하겠다고 동족 간에 칼부림을 했던 사이에 경제협력이라니 가당치도 않다고 생각했다. 더욱이 북한이 도대체 수복에게 어떤 나라인가. 해방 후 좌익 편에 가담해 공산주의자로 활동하다가 남로당원이 되었던 아버지가 선택하려던 나라가 아닌가. 아버지는 빨치산 투쟁 중에 체포되어 수복과 어머니를 남겨둔 채로 30년 넘는 시간 동안 감옥살이를 했다. 수복에게 아버지는 있으면서도 없는 존재였다. 어린 시절 어머니는 아버지가 훌륭한 일을 하다가 고초를 겪고 있다고만 했다. 수복이 중학생이 되어서야 어머니는 아버지가 비전향장기수라고 말해주었다. 어머니는 아버지에 대해 그 이상의 어떤 이야기도 하지 않았다. 수복은 빨치산, 비전향장기수라는 단어가 낯설고 섬뜩했다. 차라리 어렸을 때처럼 그저 모르고 지냈던 것이 더 나았다고 생각했다. 그런데 수복이 대학을 진학하려는 시점에 아버지의 존재가 현실로 다가왔다. 수복은 국립대학교 사범대학에 진학하려 했다. 성적도 좋았고, 선생님이 된다는 것은 무엇보다 보람된 일일 것 같았다. 필기에서 합격한 수복은 면접에서 불합격 통지를 받아야 했다. 법률적으로 폐기되고 없는 연좌제가 수복에게 적용되었다는 것을 나중에서야 알았다. 당시는 유신정권이 권력을 잡고 반공을 국시로 하던 시절이었다. 재수까지 하면서 다시 사범대를 노크하던 수복이 먼 친척뻘 되는 아저씨로부터 사범대가 아닌 일반 대학을 가라는 충고를 들으면서 아버지는 수복의 꿈을 앗아간 원망의 사람이 되었다.

아버지는 문민정부에 들어와서 출소했다. 사상전향을 한 것은 아니었지만 건강이 문제가 되어 인도적 차원에서 행해진 조치였다. 당시는 이인모 씨가 북한으로 송환되면서 떠들썩하게 세상이 비전향장기수를 이슈로 다룰 때였다. 아버지의 이름도 한 귀퉁이에 조그맣게 끼어 있었다. 돌아온 아버지는 별 말이 없었다. 어머니는 지극정성으로 아버지의 병수발을 했지만 수복은 그런 어머니가 못마땅했고, 잘난 사상에 대해 아들에게 힘주어 말하지 못하는 아버지 역시 원망스러웠다. 열변을 토하지는 않더라도 아버지가 선택한 사상에 대해, 긴 시간 감옥에서 처자식까지 버려두고 지키려고 했던 것에 대해 아들이 납득할 만하게 무슨 이야기는 있어야 한다고 생각했다. 그러나 아버지는 침묵으로 일관했다. 하기야 병든 자신의 몸 하나 간수하기 힘들어진 상황에서 무슨 사상과 신념이 있기나 할까 의심스러웠다. 그 후 아버지는 잠깐 기력을 차렸다. 이인모 씨가 송환되던 모습을 TV로 지켜보며 처음 말문을 열었다.

"잘 가시오."

아버지는 그 말을 뒤로하고 한 달 정도 방에 틀어박혀 무엇인가에 열중하더니 결국 돌아가셨다. 뼈만 앙상하게 남은 아버지를 화장하면서 수복은 끝내 자신에게 아무 말도 하지 않은 아버지를 영원히 잊기로 했다. 아버지가 돌아가시고 한 달이나 지났을까 출판사에서 전화가 왔다. 아버지가 생전에 쓰신 원고가 책이 되어 나왔는데 초판을 꼭 아들에게 전해달라는 유지를 남겼다는 것이다. 등기로 배달되어 온 책은 첫머리에 아버지의 친필이 복사되어 제본된 유일한 책이었다.

"수복아! 아버지의 시대에는 아버지가 옳았고, 너의 시대에는 네가 옳을 것이다. 어머니 잘 모시고, 그래도 아버지 시대의 옳음에 대해서 네가 한 번이라도 생각해주길 바란다. 민족은 하나여야 민족이지 둘이면 불행이 시작된다. 아버지는 그 불행의 산물이었고 오늘을 사는 남과 북의 많은 전후 세대들은 불행을 알지 못하고 산다. 그러나 결국 역사는 다시 하나로 뭉쳐지리라 믿는다. 수복아 잊지 말아라. 그런 시절이 오면 너는 꼭 역사의 편에서 하나로 뭉쳐지는 쪽에 서길 바란다. 미안하고, 사랑했다."

아버지가 유일하게 수복에게 남긴 이야기는 이렇듯 짧고 허망하며 관념적이었다. 아버지가 쓴 책은 해방과 전쟁의 과정에서 남과 북을 분열시켰던 이념이 아버지 같은 사람들을 좌익에 가담할 수밖에 없게 했던 상황을 이야기하고 있었다. 남과 북은 하나의 문화와 글을 공유한 공동체로서 반드시 하나가 되어야 열강의 패권다툼 속에서 한반도의 제 몫이 있을 것이라고 주장했다. 그 역할을 전후 세대가 해야 한다고 당부하는 것으로 책은 마무리되어 있었다.

아버지의 책이 나가고 한동안 신문과 방송에서 아버지의 흔적을 찾아 어머니와 수복에게 인터뷰 요청을 했다. 어머니는 침묵으로 일관했고, 수복은 아버지에 대해 아는 것이 없었으니 뭐라고 할 말도 없었다. 그렇게 시간이 흘렀고 세상의 관심도 수그러졌다. 수복 역시 아버지를 잊었다. 아버지 말대로 아버지 세대는 아버지로서 끝났다고 생각했다.

문민정부에 이어 좌익빨갱이라고 언론에 오르내리던 야당의 지도자가 대통령으로 당선되었다. 그리고 개성공단 이야기가 흘러 나왔다. IMF를 극복하기 위한 금모으기가 한참 진행되는 와중에 남북경제협력에 대한 논의가 시작되더니 급기야 중소기업을 중심으로 개성공단입주기업을 모집한다는 공문이 오기에 이르렀다. 공문을 한쪽으로 밀쳐놓기만 하던 수복에게 아버지의 편지가 생각난 것은 박 사장의 이야기를 듣고서였다. 박 사장의 베트남 공장은 차츰 자리를 잡는 것 같았는데 직원들이 사고를 쳤다. 급하게 돌아가는 물량을 맞추기 위해서 야근 작업을 하던 와중에 직원들이 무단으로 집단 결근을 했다. 납품이 펑크가 나자 박 사장은 베트남으로 날아갔다. 결근 중이던 현지 직원들을 찾아다니며 통사정을 해서 겨우 공장을 정상화시켰다. 직원들이 담합을 해서 월급을 인상해 달라고 벌인 계획적인 결근이라고 했다. 일하는 과정의 성실성도 기대할 수 없다고 푸념했다. 출근과 퇴근 시간이 칼 같고 야근이라도 할라치면 꼬박꼬박 수당을 배로 요구했다. 일하는 속도 역시 세월아 네월아 한다는 게 박 사장의 불만이었다. 그러면서 박 사장이 불쑥 꺼낸 단어가 민족성이었다.

"말이야 바른 말이제. 한국인들의 근면성실한 민족성은 정말 알아줘야지. 그놈의 임금이 웬수지."

그 말 속에서 수복은 하나로 뭉쳐지는 쪽에 서다던 아버지의 말을 불쑥 떠올렸다. 아울러 민족이란 단어가 수복의 가슴에 쿵하고 울림을 주며 떨어졌다. 아버지의 바람 때문은 아닐 거라고 수복은 스스로에게 말했다. 그러나 수복은 말이 통하는 저쪽 사람들을 한 번 보고 싶어졌다. 마침 정부는 일사천리로 속도감 있게 일을 처리했다. 개성공단에 입주하는 조건도 아주 좋았다. 마음 한편의 우려가 상처처럼 남아있었지만 수복은 아버지의 궤적을 따라가 보기로 결심했다. (주)블루패션은 그렇게 개성공단에 제1호로 입주하는 기업이 되었다.

처음의 우려와는 달리 남북정상회담이 열리면서 상황은 긍정적으로 흘렀다. 싼 인건비는 물론이고 말이 통하는 북한 노동자들은 거의 모든 면에서 완벽했다. 솜씨가 좋았고 영리했으며 또한 성실하고 부지런했다. 폐쇄적일 거란 우려는 김치와 된장을 좋아하는 같은 민족이라는 대전제 앞에서 조금씩 희석되어 갔다. 공식적으로 일과 관련된 회합 말고는 별다른 회식이나 야유회 한 번 가질 수 없었지만 분위기가 좋아지면 남과 북의 연결고리 역할을 한다는 생각으로 비공식적인 모임도 가질 수 있을 정도가 되었다.

남북당국도 개성공단에서 일어나는 일이라면 좋은 게 좋은 거라며 긍정적으로 처리하려는 태도가 역력했다. 수복은 박 사장의 부러움을 들으며 주거래 은행인 S은행을 통해 과감한 차입투자를 감행했다. 개성공단에 공장 부지를 늘리고 직원을 두 배로 늘렸다. 그동안 남쪽 직원에게만 조장을 맡기던 것을 북한 직원 중에서도 오랫동안 함께 일하고, 책임감이 있는 직원을 선발해 조장을 맡겼다. 림순영 조장을 첫 번째로 선발했다. 림순영 조장은 북한 노동자들 사이에서도 신뢰받는 직원이었다. 수복이 악수를 할 때면 다른 직원들의 형식적인 악수에 비해 림 조장의 악수에는 힘이 들어가 있었다. 그것은 림 조장이 수복과 회사를 신뢰하며 애정을 가지고 있다는 신호라고 느껴졌다. 손끝도 야무져서 림 조장 라인에서는 불량품이 거의 나오지 않았다. 언젠가 사적인 질문이 금지되어 있었음에도 가족을 묻자 수줍게 아들과 서해상에서 어로노동을 하는 남편이 있다고 말했다. 수복은 공식 명절선물에 한 번은 아들이 좋아할 만한 장난감과 남편을 위해 담배를 별도로 넣은 적이 있었다. 다음날 무슨 큰일이라도 난 것처럼 림 조장은 얼굴이 벌개져서 별도로 넣은 장남감과 담배를 가지고 나타났다.

"이런 게 들어있음 큰일 납메다."

그렇게 후다닥 선물을 반환하면서 림 조장은 낮은 목소리로 고개를 숙이며 덧붙였다.

"미안함메다. 사장님의 뜻은 잘 알고 있슴메다."

그 후로 별도의 선물을 할 수는 없었지만 수복은 림 조장 같은 사람이야말로 회사에 꼭 필요한 사람이라며 신뢰했다. 림 조장은 그런 수복의 기대에 어긋나지 않게 공장에서 일어나는 소소한 의견충돌을 무리 없이 잘 조정했다. 다른 공장에 비해 분위기도 훨씬 부드러워서 다른 사장들의 부러움을 샀다. 수복은 문득문득 아버지의 음성을 듣는 듯했다. 역사의 편에 서서 민족이 하나 되는 쪽에 서라던……

\*

리해방 선장은 콧노래를 부르며 출항준비를 서둘렀다. 전날 해거름 무렵에 당 어선출입항관리소로부터 남조선 수역 근처까지 조업을 나가도 좋다는 통지를 받았다. 5월이 다 가고 6월의 초순이 되었는데도 리 선장과 해방호는 꽃게잡이에 나서지 못했다. 남조선 인근 수역으로 이동하지 않고, 장산곶 근해에서만이라도 조업을 하게 해달라는 요청도 무시되었다. 그러더니 드디어 조업허가가 떨어졌으니 신이 날 만도 했다. 장 동무와 이 동무도 새벽같이 포구로 나와 바지런을 떨고 있었다. 뒤늦었지만 수온도 적당해 어쩌면 한 보름 정도는 바짝 조업을 할 수 있을 것 같았다. 바다안개가 스멀스멀 올라오며 정돈된 어구를 어루만지듯 적셨다. 스위치를 돌리자 엔진이 경쾌하게 돌아가며 걸렸다. 조짐이 좋았다. 벌써 눈앞에는 통통하게 살오른 서해의 꽃게들이 퍼덕거렸다. 리 선장은 헛기침을 한 번 하고는 큰소리로 외쳤다.

"출항!"

포구에서 처 순영이 손을 들었다. 리 선장도 손을 들었다. 지금 출항하면 밤늦게까지 조업을 해야 할지도 몰랐다. 그물을 쳐봐야 알겠지만 그동안 손 놓고 있던 어장은 물 반 꽃게 반일 거라며 장 동무와 이 동무는 연신 싱글벙글이었다. 해방호를 따라 서너 척의 꽃게잡이 닻 자망 어선이 적절한 거리를 두고 역시 조업에 나서고 있었다. 평생 이 서해바다에서 잔뼈가 굵은 리 선장이었다. 어렸을 때부터 아버지를 따라 바다사나이로 단련된 터라 육지보다 바다가 더 익숙했다. 아버지는 어부였지만 아들이 인민의 영웅으로 자라기를 소망했다. 그래서 이름을 해방으로 짓고 어디에서든 민족의 해방전선에 앞장서라는 소리를 곧잘 하곤 했다. 그런 아버지의 소망이 리 선장을 최고의 꽃게잡이 어선 선장으로 만들었다고 그는 생각했다.

때로 남조선에서 일방적으로 그었다는 NLL 근처에서도 과감하게 조업을 했다. NLL은 다른 모든 선장들이 일하기 꺼려하는 자리였다. 자칫 잘못하면 남조선 경비정에게 나포될 위험이 도사리고 있었다. 그러나 꽃게를 잡는 데 그런 NLL이 다 무엇이냐고 리 선장은 무시해버렸다. 당에서도 그런 리 선장을 적극 제지하지 않았다. 리 선장은 그것이 해방전선에서 영웅적인 어로노동이라고 굳게 믿고 있었다. 그런 리 선장의 노력이 3년 전에는 으뜸어선으로 뽑히게 했다. 더 이상 NLL을 두려워할 필요는 없었다. 바다 속의 꽃게들은 NLL에 따라 갈라지지 않았다. 물속을 자유자재로 넘나들었다. 리 선장 또한 그저 꽃게를 따라 그물을 칠 뿐이었다. 한 번은 남조선 경비정의 경고를 듣기도 했지만 리 선장은 끝까지 그물질을 마치고 남조선 경비정을 향해 퍼덕이는 꽃게를 한보따리 들어 올려 보이고 되돌아온 적도 있었다.

이번에도 리 선장은 처음부터 백령도 인근으로 배를 몰았다. 멈칫거리기보다는 평소 꽃게어장이 가장 잘 형성된 백령도 NLL 근처에서 단번에 어획고를 채울 요량이었다. 멀찍이서 출항하는 배를 따라오며 보호하던 경비정이 그날은 보이지 않았다. 시어미처럼 NLL 근처로 향하면 잔소리를 해대던 경비정이 오히려 없는 게 홀가분했다. 벌써부터 만선의 꿈에 부풀은 리 선장은 휘파람을 더 높이 불었다.

*

　수복은 퇴원을 서둘렀다. 아무리 당국이 개성공단에서 인부들의 안전을 담보하지 못한다며 철수를 종용해도 어쩌면 현장에 답이 있을지 모른다고 생각했다. 통일부를 방북했을 때 이미 개성공단기업협회 회원 사장들은 모두 죽을지라도 다시 개성공단으로 들어가겠다고 말했다. 수복 역시 서둘러 개성공단으로 들어가야 할 것 같았다. 그곳에 내 사무실이 있고, 내 공장이 있는데 여기서 무얼 하고 있는 거냐며 스스로를 다그쳤다. 당국에선 안전을 담보할 수 없다며 방북을 극구 말렸다. 그러나 수복에게 이미 안전한 곳은 남한도 북한도 아니었다. 어디에 있던지 개성공단에서의 이 사업이 이렇게 끝을 본다면 살아도 산 것이 아니라고 생각했다. 그저 묵묵히 자신을 믿고 일하던 북한 노동자들의 얼굴도 떠올랐다. 이미 생산물량이 잡히지 않았으니 어쩌면 공장가동이 멈춰 손을 놓고 무엇을 어찌해야 할지 몰라 자신을 기다리고 있을지도 몰랐다. 아내가 걱정스러운 눈빛으로 쳐다보았지만 수복은 결심을 굳혔다. 판문점을 통해 개성공단으로 들어가는 길은 이미 막혀있었다. 중국을 통했다. 30분이면 도달할 거리를 도대체 무엇이 가로막아 이리도 멀리 돌아가야 하는지 수복은 자신에게 물어보았다. 30년보다 긴 세월을 감옥에서 사상전향을 거부한 채 아버지도 자신처럼 이런 질문을 수없이 했을까 싶었다.

　수복이 돌아왔다는 소식에 중앙특구개발지도총국의 담당관이 일단의 군인들과 함께 사무실로 찾아왔다. 남조선의 책임으로 개성공업지구가 폐쇄되어 공화국은 개성공업지구의 모든 자산을 몰수했으며, 이곳은 지금 군사통제구역으로 김 사장을 체포한다고 강경한 어조로 말했다. 수복은 순간 화가 치밀어 올라 하마터면 소리를 지를 뻔했다. 차곡차곡 쌓아올린 민족 간의 신뢰를 이처럼 한순간에 무너뜨려 버리고 서로에게 책임만을 전가하는 무책임한 모습이라니. 북한에도 남한에도 인민과 국민은 뒷자리일 뿐이었다. 이들이 과연 알기나 할 것인가. 개성공단에 입주해서 처음 상품을 생산하던 그 감격을. 맞잡은 남한 사장의 손을 표 안 나게 꾹 쥐어주며 신뢰를 보내던 림순영 조장 같은 노동자의 마음을……. 이들에게 그런 것은 아무런 가치가 아닐 것이다. 그렇지 않다면 정치적 이해관계에 따라 이처럼 바닥부터 쌓아올린 신뢰를 한순간에 이리 내팽개칠 수는 없는 노릇이었다.

　수복은 안쪽 공장으로 들어가 철문을 잠갔다. 림순영 조장에게 전화를 걸었다. 다행히 전화는 끊어지지 않고 발신음이 떨어졌다. 전화벨이 아홉 번째 울리자 끊으려는 순간 림 조장이 전화를 받았다. 수복은 기쁜 목소리로 림 조장을 비롯해 모든 직원들을 공장으로 모이라고 말했다. 다시 일을 시작하는 거냐고 림순영 조장이 들뜬 목소리로 물었다. 수복은 지체 없이 당연히 일을 시작한다고 힘주어 말했다. 전화를 끊고 나서 수복은 다시 남쪽 당국에 전화를 걸었다. 통일부 관계자가 전화를 받았다. 수복은 상대방이 뭐라고 말하기도 전에 빠른 속도로 말을 이어갔다.

"㈜블루패션 사장 김수복입니다. 당국에 저의 뜻을 꼭 전달해주기 바랍니다. 저는 최근 남북 간의 정치적 이유로 개성공단이 볼모로 잡히는 것에 단호히 반대하고 오늘부터 개성공단의 공장에서 단식에 들어갑니다. 목숨이 끊어지는 순간까지 물 한 모금 마시지 않고 남측 당국이 먼저 북한 당국에 개성공단만큼은 정치적 이슈와는 무관하게 6.15 및 10.4 정상회담과 개성공단 특별법에 의거 모든 통상과 무역, 아울러 남측 노동자의 안전과 북측 노동자의 노동권을 보장하는 합의에 이를 것을 촉구합니다. 지금 저의 이 제안은 당국은 물론 대한민국과 세계의 주요 언론사에도 그대로 통보될 것입니다."

수화기 너머에서 무어라 하는 소리가 들리는 것도 같았지만 수복은 애써 외면한 채 그렇게 전화를 끊었다. 밖에서 문을 두드리는 소리가 연이어 들렸다. 아버지가 떠올랐다. 민족이 하나 되는 쪽에 서라던 아버지의 권고가 무슨 뜻이었는지 어렴풋이 알 것도 같았다. 참았던 눈물이 가슴 밑바닥에서부터 차고 오르더니 주체할 수 없이 흘러나왔다. 수복은 보름 전까지 윙윙거리며 힘차게 돌았을 자동미싱기를 보듬어안은 채 쓰다듬고 또 쓰다듬었다. 웅성거리며 림순영 조장과 북한 직원들이 서둘러 공장으로 향해서 오는 발자국 소리가 멀리서 환청처럼 들렸다. 수복은 다시 한번 어금니를 꽉 깨물었다.

*

리해방 선장의 해방호가 연평도 인근에 다다랐을 때 리 선장은 남측 수역에 새까맣게 떠 있는 경비정과 군함을 보고 잠시 멈칫했다. 지금까지 수십 차례 조업을 하면서 남측의 경비정을 보았지만 저렇게 많은 수의 군함과 경비정이 떠 있는 것은 처음이었다. 해방호를 따라 NLL 근처까지 다가왔던 다른 어선들은 슬금슬금 선수를 돌려 북측 해역으로 되돌아갔다. 리 선장은 잠시 숨을 돌리고 장 동무와 이 동무에게 그물을 내리라고 소리쳤다. 장 동무와 이 동무는 잠시 눈을 마주보더니 도르래를 돌리며 그물을 내리기 시작했다. 리 선장은 서서히 해방호의 속도를 줄이면서 그물을 바다 속으로 내렸다. 그물이 슬슬 흘러내리는 것을 보면서 리 선장은 그저 퍼덕이는 꽃게가 낭창낭창 그물에 걸려 올라오는 것만을 상상했다. 위대한 장군님의 공훈패와 으뜸어선으로 뽑혀 영웅으로 환대받는 모습을 그렸다. 그때였다. 무선에서 예기치 않는 주파수가 잡히면서 경고음이 흘러나왔다.

"해방호는 북한 수역으로 되돌아가라. 경고한다. 경고한다. 즉시 돌아가지 않으면 발포하겠다. 해방호는 지금 NLL 남측 구역을 침범했으니 즉시 돌아가지 않으면 발포하겠다."

리 선장은 그저 씩 한 번 웃었다. 저들에게 퍼덕이는 꽃게망태를 들어 올리며 보여주면 그만일 것이다. 무기도 없고, 그저 꽃게 잡는 어선을 향해 총질을 할 그들이 아니라고 리 선장은 생각했다. 그동안 수도 없이 반복된 꽃게잡이였다. 남측 어선들도 꽃게를 쫓다 보면 북측 수역으로 넘어오지 않았던가. 그저 형식적으로 위협하는 소리일 뿐이라고 치부해버렸다. 그런 배짱이 리 선장이 NLL 근처에서 그동안 최고의 어획고를 올렸던 비결이라면 비결이었다. 북남은 서로를 으르렁거리며 쳐다봤지만 사실은 싸울 이유가 딱히 없었다. 리 선장은 꽃게잡이를 할 때마다 확인하곤 했다. 편을 갈라 서 있을 뿐이지 커다란 찜통에 꽃게를 한 통 그득히 쪄내면 한데 모여 술잔을 나눌 수 있을 만큼 꽃게는 풍부했다. 그것이 서쪽바다를 자유롭게 넘나들며 남쪽이네 북쪽이네 따지지 않고 맘껏 자란 꽃게들이 리 선장에게 들려준 비밀이었다. 싸워서 다 차지할 꽃게란 것은 없었다.

　그물이 거의 다 펴지자 리 선장은 키를 잡아 선수를 북쪽으로 돌렸다. 순간 쾅하는 소리와 함께 해방호의 선미 쪽으로 물보라가 일며 갑판에 물벼락이 떨어졌다. 장 동무와 이 동무가 놀라 고개를 드는 순간 이번에는 북쪽에서 언제 나타났는지 모를 경비정이 보이더니 다시 쾅하는 포성이 울렸다. 공화국의 경비정이 남측 경비정을 향해 응사를 한 모양이었다. 순식간에 벌어진 총격 사이에서 해방호가 포탄 때문에 생긴 파도에 위아래로 춤을 추자 바다에 쳐놓은 그물이 찌익찍 찢어지는 모습이 눈에 들어왔다. 리 선장의 눈에서 불꽃이 일었다. 찢어지는 그물코에는 벌써부터 통통하게 살이 오른 꽃게가 걸려 대롱거리고 있었다. 리 선장이 무전기를 집어 들고 고함을 쳤다.

"뭐하는 짓들 임메!"

"쾅! 쾅!"

해방호를 사이에 두고 북과 남의 경비정에서 쏘아대는 함포 소리에 리 선장의 고함이 묻혔다. 해방호는 하늘 높이 오르며 다시 바다로 철퍼덕 떨어졌다. 그물은 더 이상 보이지 않았다. 갑판 위에 꽃게 서너 마리가 널브러져 퍼덕거리고 있었다. 장 동무와 이 동무는 바다로 빠졌는지 보이지 않았다. 리 선장이 키를 바투 잡고 선수를 북으로 돌리려는 순간 어느 쪽에서 쏘았는지도 모를 포탄이 갑판 위로 떨어졌다. 리 선장의 몸뚱이가 몇 마리의 꽃게와 함께 하늘로 솟구쳤다.

## 화장실에서 나를 보다

●●●

　여자화장실에서 낯선 소리가 새어 나왔다. 처음엔 코를 훌쩍거리는 것 같더니 이내 고통을 억지로 참으려는 신음으로 변했다. 귀를 기울여 보니 누군가 흐느끼는 울음소리였다. 누굴까. 근무가 한참인 이 시간에 회사 화장실에서 저리 울다니 심상치 않았다. 나는 찔찔거리는 오줌을 털어 마무리하고 여자화장실 쪽으로 바투 귀를 기울였다. 흐느낌이 조금씩 잦아들더니 이내 잔잔해졌다. 나는 후다닥 밖으로 나가 화장실과 사무실이 연결되는 복도에서 서성거렸다. 잠시 후 화장실에서 나온 사람은 뜻밖에도 강 대리였다. 나는 순간, 당황해서 얼른 남자화장실로 다시 들어갔다. 언뜻 본 강 대리는 보통 때처럼 담담한 표정이었다. 운 것처럼은 보이지 않았다. 강 대리가 아니었나 싶어 나는 다시 소리가 들려오는지 여자화장실 쪽으로 귀를 쫑긋거렸지만 더 이상 어떤 기척도 없었다. 시간이 좀 더 지났지만 여자화장실에서는 어떤 소리도 들리지 않았다. 누군가 나오는 기척도 없었다. 그렇다면 강 대리가 울었다는 것인데…….

나는 머쓱한 표정을 지으며 손을 씻었다. 세면대 앞의 대형 거울에 내 모습이 비쳤다. 아침 출근 전에 머리를 매만지고 넥타이를 맬 때의 나와 다른 느낌의 내가 거울 속에 있었다. 화장실 거울은 전신을 다 볼 수 있을 만큼 컸다. 나는 손을 씻다 말고 거울 앞으로 좀 더 다가섰다. 사각 진 안경 너머로 나를 빤히 쳐다보는 눈동자와 조우했다. 검은 동공 안에 작은 동그라미가 여러 개 들어있었다. 동그라미 안에서 나를 빤히 쳐다보고 있는 낯선 시선이 느껴졌다. 나는 흠칫 놀라며 한 발짝 뒤로 물러났다. 강 대리가 화장실에서 울었다는 사실만큼이나 거울 속에 비친 내 얼굴이 낯설어서 나는 서둘러 화장실에서 나왔다.

강 대리는 사내에서 제일 인기 있는 여사원이었다. 입사 5년차인 그녀는 일처리가 빨랐고, 부장과 과장들이 업무를 주기 전에 미리 일을 찾아서 했다. 그녀가 작성한 보고서는 과장들의 검토 없이 부장에게 바로 올라갔다. 경리담당이기도 한 그녀는 각 부서에서 쓸 예산을 집행하고 결산까지 했는데, 한 번도 문제가 된 적이 없었다. 정기감사 때도 그녀가 주의나 견책을 받는 일은 없었다. 하다못해 경위서 한 장을 쓰는 경우도 없었다. 세 해째 연속으로 받은 우수사원상은 그녀가 얼마나 유능한 사원인지를 대변해주었다.

출퇴근 시에는 허리께까지 내려오는 머리를 찰랑거리며 서늘한

바람을 몰고 다녔다. 하지만 사무실에서는 긴 머리를 리본으로 단정하게 묶어서 깔끔하게 처리했다. 눈이 시원스레 컸는데 눈초리가 약간 올라가 부드러운 것 같으면서도 한편으론 도도하다는 인상을 주었다. 코는 작지만 오뚝했고, 때때로 붉은 립스틱을 바른 두꺼운 입술은 도발적이었다. 무엇보다 회식자리에서 노래하는 강 대리는 독보적인 존재였다. 리듬을 타며 풍부한 감성을 담아 부르는 가곡 향수는 압권이었다. 특히 그녀가 그곳이 차마 꿈엔들 잊힐리야, 라는 가사를 부를 때는 다들 넋이 나갔다. 그녀의 노래를 듣고 있는 몇 분의 시간은 나뿐만 아니라 깐깐하기로 소문 난 최 과장 마음까지 쏙 빼놓은 듯했다.

  내가 강 대리에게 부쩍 관심을 가진 것은 우연히 그녀의 이력사항을 알고 나서였다. 도도해 보이는 도시녀의 상징 같은 그녀가 나와 같은 지방출신이었다. 그녀의 외피를 한 꺼풀 벗기면 시골의 넉넉한 인정이 숨어있어서 고달픈 도시생활을 나눌 수 있을 것 같았다. 소문에 의하면 많은 총각사원들이 강 대리에게 접근했으나 지금껏 어느 누구도 강 대리와 데이트에 성공한 사람은 없었다. 그렇다고 강 대리가 남자들에게 면박을 주면서 데이트를 거절한 것도 아니었다. 강 대리에게는 데이트에 응할 수 없는 적절한 이유가 그때마다 생기곤 했다. 예를 들면 어머님이 아프셔서 간호를 한다거나 군대에 가 있는 동생이 휴가를 나왔다거나 아니면 고교 동창들과 오랜만에 모임이 있다는 식이었다. 그런 사유가 강 대리의 입을 통해 흘러나올 때는 데이트를 신청한 남자들이 오히려 미안해했다. 나는 어쩌면 강 대리에게 비밀스런 연인이 있을지도 모른다고 생각했다. 내 생각과 달리 남직원들은 그녀를 비밀스럽기보다는 공개적이고 개방적인 여자라고 평했다. 사실은 어느 누구의 여친이 아닌 만인의 여친이기를 기대하는 눈치였다. 많은 남직원의 바람대로 강 대리는 누구에게나 '매력적인 그녀'로 통했다. 그런 강 대리가 화장실 안에서 남몰래 울었다는 사실이 정말로 낯설었다.

  나는 요즘 들어 근무 중에 화장실을 자주 들락거렸다. 딱히 소변이 마려운 것은 아니었다. 우연히 들른 버스터미널 화장실 벽에 괴발개발 적힌 낙서를 본 이후부터는 더 했다. 요즘 공용화장실에서 낙서는 거의 찾아보기 어려웠다. 그런데 유독 하나의 칸에만 낙서가 가득했다. 처음에는 아주 옛날의 화장실 하나가 시대를 거슬러 뚝 떨어진 것은 아닌가 싶을 정도로 낯선 광경이었다.
  화장실의 낙서는 형편없는 음담패설이거나 정치구호와 신에 관한 이야기가 대부분이었다. 가령 '친구 집에 놀러갔다. 그런데 친구는 없고 친구 누나가 혼자 목욕을 하고 있었다'로 시작하는 음담이 대표적인 낙서의 한 종류였다. 이런 음담에는 정상적인 연인 사이보다는 친구의 누나, 여선생, 심지어는 근친에 이르기까지 극히 비정상적인 관계가 주를 이뤘다. 그중에는 아주 정교한 솜씨로 성교 삽화를 그려 넣은 것도 있었다. 간혹 어떤 놈이 이따위 저질 낙서를 하느냐는 호통이 눈에 띄었다. 그 낙서 밑에는 '성인군자 나셨네!' 내지는 '엿 먹어라!'는 식의 비난이 꼬리를 물고 화살표로 이어졌다. 단정한 글씨로 '화장실은 문화시민의 척도입니다'라는 글도 보였다. 거기엔 더욱 비웃음 섞인 냉소가 달렸다.

'화장실은 문화시민의 배설구다. ㅋ'

'화장실에서는 그냥 똥만 싸라.'

나는 깨알같이 릴레이로 적힌 낙서를 유심히 보았다. 나도 모르게 얼굴을 붉혔다가 혼자 킥킥거리기도 했다. 한참 낙서투어를 하고 나서 화장실 칸막이 문을 열고 나오다가 문 위에 '맘껏 싸질러라 프로젝트'라고 적힌 팻말을 보았다. 아하, 하는 깨달음이 머리를 스치고 지나갔다.

'스트레스를 풀라 이 말이지. 맘껏 싸질러라. ㅋㅋ'

'맘껏 싸질러라 프로젝트'가 있는 화장실 칸을 다녀온 이후로 나는 회사 화장실의 번들번들한 벽이 이상할 만치 어색했다. 그 자리에 뭔가 가득 채워져 있어야 할 것만 같았다. 그런데 며칠 전, 회사 화장실에 들렀다가 나는 새로운 세상이 열리는 것을 보았다. 보았다는 말은 정확하지 않다. 그것은 뭔가 새로운 관점이 내게서 태동한 느낌이었다.

그날, 나는 퇴근 무렵에 소변이 마려운 것을 억지로 참고 있었다. 다음날 필요한 회의안을 끝내는 것이 시급했다. 최 과장이 여러 번

독촉전화를 하고 메신저를 보냈다. 느긋한 김 과장까지도 언제 마무리가 되냐고 물었다. 쫓기면서 일을 하니 속도는 오히려 더뎠다. 한참 지나서 회의안을 마무리 지었을 때 나는 폭포수 같은 요의를 참으며 되똥거리는 자세로 화장실로 향했다. 배설의 쾌감은 감기로 막힌 코가 재채기와 함께 펑 뚫릴 때처럼 시원했다. 오줌줄기는 굵고 강렬했다. 방광에 가득 찼던 것이 거의 다 나와 찔찔거리며 흘러나올 때쯤 하얀 벽에 반듯하게 붙어 있는 문구를 발견했다.

'흡연 절대 금지 적발 시 처벌'

칼라 프린터기로 인쇄된 선명한 청색 표어 끝에 빨간불이 붙은 담배꽁초 사진이 검은색 X자를 차꼬(着鋼)처럼 차고 있었다.

'사랑한다는 것은 관심을 갖는 것이며 존중하는 것이다. - 에리히 프롬'

뭐, 이런 좋은 글귀였다면 한 번 쓱 보고 지나쳤을 것이다. 그런데 금연이라는 흔한 문구도 아니고 금지라는 부정어 앞에 절대를 넣어 강조한 후 적발 시 처벌이란 벌칙조항까지 써넣은 그 문구가 무슨 헌법의 선언처럼 당당하게 자기 목소리를 내고 있었다. 그때 터미널의 맘껏 싸질러라 프로젝트가 떠올랐다. 맘껏 싸지르기는커녕 숨이 컥 막히는 상황이라니……. 그 문구는 고집스런 시선이 되어 거만하게 나를 내려다보는 것 같았다. 유독 붉은 헤드라인체로 인쇄되어진 처벌이란 단어에서 금방이라도 핏물이 뚝 떨어질 것만 같았다.

문득 어렸을 적 거적으로 문을 달고 판자를 걸쳐 만든 재래식 화장실에서 아버지와 함께 나란히 앉았던 기억이 떠올랐다. 아버지는 봉지담배를 말아 태우며 그 냄새에 목소리를 실어 내뱉었다.

"공부 열심히 혀서 훌륭한 사람이 돼야 헌다. 알것냐?"

어렸을 적 재래식 화장실은 지저분하고 냄새나는 곳이었어도 아버지나 형과 함께 편안하게 이야기를 나누는 공간이었다. 거기에 비하면 회사 화장실은 수시로 청결이 체크되어 웬만한 사무실보다 깨끗했다. 문을 열고 들어가면 자동으로 클래식 음악이 흘러나왔다. 명화를 모조한 작품이 해설과 함께 갤러리처럼 전시되기도 했다. 비데가 설치되어 좌변기에 앉으면 따뜻하게 엉덩이가 데워져 깜박 졸 만큼 편안했다. 어릴 적과 다른 게 있다면 화장실은 누구와도 공유할 수 없는 혼자만의 공간이었다. 간혹 화장실에서 동료나 상사를 마주치면 멋쩍어하며 서로 피했다. 인터넷에서는 전국의 아름다운 화장실을 선정해 공개하고 상을 주는 단체도 생겨났다. 깨끗한 화장실을 만들기 위한 행동강령을 제시하기도 했다. 문화시민의 조건과 안전이라는 이름을 달고서 화장실 입구에 보안카메라까지 작동시켰다. 깨끗하고 편했지만 뭔가 께름칙했다. 그런 화장실에 낙서를 한다는 것은 상상도 못할 일이었다. 혹여 어떤 낙서가 보이면 바로 지워지고 새로운 페인트로 칠해졌다. 이제는 어떤 공용화장실에 가더라도 낙서를 발견하기 어려웠다. '남자가 흘리지 말아야 할 것은 눈물만이 아닙니다'라는 문구 정도가 그나마 정감 있었다. 맘껏 싸질러라 프로젝트를 하는 곳도 있는데, 처벌이라니…….

"이게 아닌데?"

나도 모르게 혼잣말이 나왔다. 그랬다. 어떤 철학이 있어서도 아니고 계속해서 골똘하게 생각해오던 것도 아니었다. 정말 무심코 내뱉은 그 중얼거림이 갑자기 가슴속에서 울렁증을 일으켰다. 입사 후 6년 동안 습관처럼 출퇴근을 반복했던 생활이 영사기가 돌아가며 시작되는 영화처럼 한 장면씩 떠올랐다.

입사 1년차 열정 하나로 좌충우돌했다. 회사 제안사이트에 거의 매일 제안을 올렸다. 매출 증대 방안, 고객CS 개선 방안, 사내 커뮤니케이션 활성화 방안 등 떠오르는 대로 의견을 제시했다. 회사의 규칙과 부서의 관행 중에서 개선이 필요한 부분에는 기탄없이 문제를 제기했고 대안을 밝혔다. 처음엔 패기라 부르며 상사들이 칭찬해주었다. 그러다가 본사 전무가 제안사이트에 내가 올린 사내 커뮤니케이션의 문제제기를 보고는 지적을 했다. 신입사원이 사내 커뮤니케이션이 잘 안 된다고 느낄 정도면 그 부서는 반성해야 한다는 것이었다. 그 뒤로 내 제안입력은 사전 검열대상이 되었다. 더 이상 패기와 열정이란 칭찬을 듣지 못했다. 제안이 불만제기로 오해되었고, 자기 업무를 완벽하게 파악하지 못한 신입사원의 부적응으로 폄하되었다. 새로운 방식으로 일을 하기보다는 기존에 했던 방식을 얼마나 빨리 기계적으로 배우는지가 유능과 무능을 가르는 기준임을 알게 되었다. 입을 다물고 침묵하는 시간들이 많아졌다. 무엇을 할지 몰라 손 놓고 멍 때리는 시간이 늘어갔다.

그럼에도 대기업이라 급여는 매달 꼬박꼬박 나왔고, 반기에 보너스도 지급되었다. 실적이 좋은 연말에는 특별보너스가 지급되기도 했다. 나를 비롯한 신입사원들은 누가 더 좋은 양복을 감각적으로 입는지 정도가 공통 관심사였다. 퇴근 후에 무리지어 술집으로 클럽으로 순회하는 재미도 쏠쏠했다. 나는 가끔씩 훌쩍 사무실을 나와 대변이 나오지 않는데도 엉덩이를 까 내리고 화장실 좌변기에 앉아 담배를 피웠다. 나만의 시간 십 분! 문득 내면에서 나를 향한 질문이 솟구치기도 했다.

'#그런데 나는?'

정치권에서 문제를 일으킨 어떤 사람의 이름을 모든 SNS상에 해시태그를 붙여 댓글로 달자는 운동이 한창인 때였다. 나도 나 스스로에게 물어보고 싶었다. 그러나 그뿐이었다. 나는 다시 적응하기에 바빴고, 무난하게 월급 받고 적당하게 소비하는 데 점점 빠져들었다.

문화시민의 화장실은 깨끗해야 하니 담배를 절대 피우지 말라는 저 명령! 그리고 불붙은 담배에 채워진 X자의 차꼬. 처벌하겠다는 경고까지. 나는 눈에 힘을 주고 문구를 노려보았다. 녀석은 아주 당당한 얼굴로 내 시선을 맞받아쳤다. 나는 지지 않으려고 더 눈을 부라렸다. 녀석이 조금 움찔하는 것도 같았다. 허나 그뿐이었다. 회사 화장실은 인공 재스민향이 시간에 맞춰 칙칙 뿌려지면서 문화와 교양을 일깨우는 가장 깨끗한 장소로서만 실존했다. 나는 화장실 대형 거울 앞에 서서 거울 속의 사내가 무슨 말인가를 해주기를 바라다가 심각한 얼굴이 되어 화장실을 나오곤 했다.

그 후로도 몇 번 여자화장실에서 흐느끼는 울음소리를 들었다. 그때마다 몰래 지켜본 여자화장실에서 나온 사람은 강 대리였다. 설마 했던 강 대리의 화장실 울음을 확인하면서 나는 사무실에서 강 대리를 자주 흘깃거렸다. 강 대리는 잦아진 내 눈길을 예전과 다름없이 부드러운 미소로 받을 뿐 특별하게 반응하지 않았다. 하지만 강 대리가 부장실에 들러 결재를 받고 나올 때는 그녀의 시선이 사무실 바닥으로 떨어졌고 자리에 앉아서는 묶었던 머리를 풀어 얼른 다시 묶었다. 잠깐 허공에 시선을 두었다가 도리질을 하고는 모니터에 시선을 고정시켰다. 몇 번 나와 그녀의 시선이 허공에서 엉켰다. 그녀는 금방 시선을 거뒀지만 이내 나를 향해 누구에게나 친절한 미소를 다시 건네주었다.

모두에게 인정받고, 일처리도 탁월한 강 대리가 도대체 왜 화장실에서 우는 것일까. 궁금증이 커져갈수록 나의 화장실행은 잦아졌다. 딱히 대소변이 마렵지 않아도 화장실 한구석을 차지하고 앉았다가 나오곤 했다. '흡연 절대 금지 적발 시 처벌'이라는 문구 밑에서 일부러 공갈담배를 피웠다. 울렁증은 일어났다가 가라앉기를 반복했다. 화장실 입구 보안카메라에 때때로 가운데 손가락을 들어 올렸다. 한 번은 늦게까지 남았다가 여자화장실에 들어가 보았다. 혹여 남자화장실과는 다른 무엇이 있을까 싶어서였다. 여자화장실에도 남자화장실과 동일한 금지와 처벌 문구가 벽에 붙어 있었다. 세 칸 화장실 문을 하나하나 열어 안을 살폈다. 혹 화장실 안쪽 벽에 어떤 낙서라도 있을까 둘러보았지만 말끔했다. 아무것도 다를 것 없는 여자화장실을 나오면서 용기를 내어 강 대리에게 데이트 신청을 한 후 왜 우느냐고 물어볼까 싶었다. 그러나 마음뿐 실행하지 못했다. 강 대리가 나를 어떻게 생각하고 있을지 자신이 없었다.

월말 전체 회식자리에서 김 과장과 최 과장이 대판 싸웠다. 나를 비롯한 대리급 이하 직원들은 메뚜기처럼 이리저리 뛰어다니며 술을 따르고, 받아 마신 탓에 싸움의 원인이 무엇인지, 어떻게 싸움이 시작되었는지 알 수 없었다. 다만 부장이 가족모임이 있다며 평상시 회식과는 달리 빨리 자리를 뜬 후 자유로워진 분위기 속에서 벌어진 일이라 파장은 컸다. 쌍소리가 날아다녔고, 급기야는 김 과장이 최 과장의 뺨을 때리기에 이르렀다. 뺨을 맞은 최 과장은 이성을 잃고 길길이 날뛰었고 주먹다짐으로 번질 것 같은 상황에서 내가 급하게 김 과장을 얼싸안고 회식자리를 떴다.

김 과장은 나이 40을 다섯 해나 넘기고서야 막차를 타고 과장 진급을 한 늦깎이 과장이었다. 특별히 실력이 없는 것도 아니었지만 지방출신이라는 멍에가 항상 그를 과장 진급 2순위로 밀어놓곤 했다. 김 과장은 내게 호의적이었다. 가끔 골프도 치고, 퇴근 후에는 단골술집에 들러 시시콜콜한 얘기를 나누는 사이였다. 그날 김 과장은 내가 자신의 가까운 추종자였으면 했다. 비밀 한 가지를 털어놓았다. 곧 있을 인사발령에 최 과장이 연고지도 없는 지방으로 좌천된다는 정보였다. 김 과장은 최 과장이 좌천되는 이유로 '불미스러운 일'이 있었다고 얼버무리기만 할 뿐 시원하게 말하진 않았다. 그래서 다른 날과 달리 그가 최 과장에게 덤벼들었을까. 김 과장은 결코 최 과장에게 덤벼들 위인이 아니었다. 나는 김 과장의 횡설수설로 이어진 2차 술자리를 빨리 마무리하고 싶었다. 이런 내 심정을 알 리 없는 김 과장이 흠뻑 취한 목소리로 말했다.

"이 대리! 내가 너만 꼭 데려가고 싶은 데가 있는데 우리 3차 가자! 3차 어때?"

3차는 남자들끼리는 무언의 약속과 같았다. 3차까지 같이 간다는 것은 서로의 허물을 묻지 않겠다는 무언의 약속이며 서로의 비밀한 속내를 공유하겠다는 절친한 표현이기도 했다. 3차를 가자는 김 과장에게 나는 차라리 화장실을 같이 가자고 말하고 싶었다. 만취한 김 과장을 택시에 태우며 말했다.

"기사님께 택시비 드렸습니다."

나는 그의 추종자가 되는 것을 완곡하게 거절했다.

김 과장에 비해 최 과장은 소위 말하는 일류대학교 출신의 '뺀질이'였다. 뺀질이라는 별명은 그가 입사 후 초고속으로 승진하면서 동료들과 빚은 마찰 끝에 붙여진 것이었다. 오히려 그는 그 별명을 자신의 능력에 대한 타인의 열등감으로 치부하며 당당했다. 그의 일처리는 민첩하고 정확했다. 지나칠 만큼 완벽을 추구한다는 것 외엔 허점이라곤 별로 찾을 수 없는 사람이었다. 좋은 학벌에 과감하고 정확한 일처리 능력, 윗사람들의 신임, 거기에 준수한 외모와 그에 걸맞은 학벌까지! 누가 보아도 그는 부러움을 살만한 사람이었다. 최 과장은 술자리에서 부장이 자리를 뜨기 전까지 흐트러진 모습을 보이지 않았다. 대리운전 기사가 올 때까지, 혹은 택시에 탈 때까지 부장의 곁엔 항상 최 과장이 있었다. 다른 누군가가 그 역할을 대신하고 싶어도 기회가 주어지지 않았다. 하지만 이날 회식자리에서만은 달랐다. 부장이 아무리 가족행사가 있다 하더라도 평상시 그라면 가정보다 회사를 택하는 쪽이었다. 그렇게 신임하던 최 과장한테도 데데하게 굴었다. 부장이 나서는데도 최 과장은 일어서지 않았다. 불미스러운 일이란 무슨 일인가. 김 과장과 최 과장이 싸우지만 않았다면 다들 노래방으로 몰려갔을 것이고 지금 즈음, 강 대리의 목소리에 흠뻑 빠질 시간이었다. 나는 김 과장이 은근히 흘린 최 과장의 좌천소식은 열등감의 표출이라고 이해했다. 밥맛 없는 최 과장이지만 직장 내에서는 누구나 추종하고 싶은 롤 모델이었다. 그런 그가 좌천될 리 만무했다.

  다음날, 회사 분위기는 눅진한 공기가 떠다니는 것처럼 우울하고 칙칙했다. 한 달 전 감사팀의 특별감사를 받고 난 후에도 사무실 분위기가 이랬다. 무노조 경영을 외치며 노사상생을 기업방침으로 천명한 회사에서 노조결성의 움직임이 있다는 첩보가 특별감사의 빌미를 주었다는 소문이 돌았다. 간혹 우리 회사에도 노조가 있어야 한다는 이야기가 술자리에서 그냥 지나가는 이야기로 나돌기는 했다. 감사를 받는 시점에서 넉살 좋고 사람 좋은 김 과장이 타깃이라는 소문도 함께 돌았으나 부서 전체가 조마거리며 감사를 받았다. 마침 최 과장은 해외출장 중이었다. 자연스럽게 최 과장이 특별감사를 의뢰한 것은 아닌가 하는 의혹의 시선도 있었다. 회사는 사설 이메일과 계열사에서 발급한 개인카드 사용내역까지 미리 체크한 후 감사를 벌였다. 부서원 각각이 어떤 것인지는 몰라도 대개 사유서를 썼다. 나의 사생활도 하나하나 까발려졌다. 카드 사용내역이 알몸처럼 드러났다. 나는 구두이지만 유흥업소 출입을 자제하라는 주의를 들었다. 부서의 경리를 담당하고 있던 강 대리도 유독 오랜 시간 동안 감사팀과 일대일 면담을 가졌다.

 감사 후 사무실엔 조심스런 기운이 감돌았다. 함께 이야기하기보다는 또각또각 컴퓨터 자판을 두드리며 일에만 열중했다. 노조의 이야기도, 그 어떤 다른 이야기도 풍문으로라도 돌지 않았다. 나는 가끔씩 강 대리를 쳐다보았다. 그녀의 표정에서 어떤 것을 읽고 싶었다. 강 대리는 애교가 줄기는 했지만 여전히 그 모습 그대로 자기 자리를 지켰다. 달라진 것이 있다면 부장실에 들어갔다 나올 때 고개를 떨구지 않았다는 것이고 유독 살갑게 굴던 최 과장에게 더 이상 살갑게 굴지 않았다는 점이다. 대신 김 과장에게 평소보다 자주 커피와 차를 타주었다. 김 과장만이 그저 싱글벙글 웃었다. 최 과장은 평소보다 더 차가워졌다.

업무가 끝나고 나는 퇴근을 서둘렀다. 무거운 분위기에 나를 함께 가라앉히고 싶지 않았다. '맘껏 싸질러라 프로젝트'가 있는 공용 화장실에 어떤 새로운 낙서가 생기지 않았는지 엉뚱하게도 그것이 보고 싶어졌다. 지난 번 두 번째로 술이 불콰하게 취해 들렀던 맘껏 싸질러라 화장실 칸에는 나의 기대를 저버리지 않고 깨알 같은 낙서가 보란 듯이 적혀있었다.

'나는 그녀의 나체가 보고 싶다. 새침데기인 그녀의 전부를 갖고 싶다. 나에게 복종시키고 싶다. 그러나 한편으로는 두렵다. 그녀가 나를 받아줄까?'

그것은 사뭇 진지한 고백이었다. 그 밑으로 화살표가 그어져 있었다.

'이런 못난 놈! 그냥 가져버려. 여자는 그것으로 끝이야.'

맞장구가 이어졌다.

'100% 찬성. 여자는 한 번 자빠뜨리고 나면 그때는 찰거머리가 따로 없제.'

그리고 여자의 엉덩이를 향해 남자의 성기가 돌진하고 있는 제법 정교한 삽화가 그려져 있었다. 무슨 미사일처럼 당당한 위용을 자랑하는 듯했다. 한 남자가 이 공간에서 자신의 가장 솔직한 속내를 토로하자 댓글은 저속했지만 행동하라고 글쓴이를 도발하고 있었다.

나는 그 순간 심한 갈증을 느꼈다. 도톰한 입술에 붉은 립스틱을 바르고 열창하는 강 대리가 떠올랐다. 벌떡 일어나 바지를 내렸다. 팬티도 내렸다. 내 가랑이 사이로 기둥처럼 불끈, 핏줄을 돋우고 당당하게 머리를 치켜든 나의 심벌이 보였다. 가볍게 쥐어보았다. 저릿한 쾌감이 파도소리를 내며 몰려왔다. 갈증은 어느 막다른 낭떠러지 끝에서 헉헉거렸다. 손을 빠르게 움직였다. 눈을 감았다. 내 안의 모든 에너지가 저릿하게 허벅지께로 몰려들더니 이윽고 허리까지 올라왔다. 잠깐 하얀 광선이 머리끝에서 번쩍했다. "아!" 나는 가볍게 신음했다. 눈을 떴다. 눈앞에는 여전히 남자의 성기가 여자의 엉덩이 사이로 돌진하고 있었다. 욕망을 비운 나의 심벌이 몇 번 끄덕거리더니 이내 사그라졌.

바지를 추스르고 안주머니에서 펜을 꺼냈다. 누군가가 나를 지켜볼지도 모른다는 생각에 잠깐 주위를 둘러보았다. 사각의 조그만 공간에는 아무도 없었다. 나는 머리를 한 번 흔들고 거침없이 벽에 글을 썼다.

'여기서 소심한 사내가 용감하게 자위를 하다.'

쓰고 나니 마음속에서 파도소리가 났다. 울렁증이 잠시 멈췄다. 그러자 왠지 눈물이 나올 것 같아서 한참동안이나 좌변기에 걸터앉아 있었다.

그렇게 남겼던 흔적이 어떻게 되었을까, 누가 어떤 화살표를 달았을까. 호기심이 솟구쳤다. 무거운 짐에 눌린 것 같은 사무실을 빨리 벗어나고 싶었다. 시계를 들여다보았다. 시계를 보는 나를 향해서 김 과장이 가라앉은 분위기를 깨고 싶다는 듯이 큰 목소리로 말했다.

"이 대리! 드디어 총각딱지 떼줄 아가씨라도 찾았나? 약속이 있는 모양이지?"

그 말과 동시에 몇 개의 눈들이 빠르게 나를 훑고 지나갔다. 맞은편에 앉아있던 강 대리도 나를 쳐다봤다. 마치 김 과장의 말이 사실인지 아닌지를 표정을 통해 확인이라도 하겠다는 듯이 일별했다. 나는 화장실 속 낙서를 들킨 것 같아 잠깐 몸을 떨었다. 김 과장의 농담을 받아 넘기며 여유를 부렸다. 그러나 알 수 없는 조바심으로 마음이 급해졌다. 아주 작은 점 하나가 가슴 깊은 곳에 씨앗처럼 떨어졌다. 그것은 금방 뿌리를 내리고 무섭게 자라기 시작했다. 어떤 전조 같기도 했다. 기대와 불안이 교차하는 이 전조가 점점 더 마음을 휘몰아갔다. 나는 큰소리로 말했다.

"그럼 이 노총각은 잃어버린 갈비뼈를 찾아 이만 퇴장합니다!"

목청을 가다듬고 신파조로 가장 울림 좋은 목소리를 낸다고 했지만 음성은 오히려 떨려나왔다. 강 대리가 다시 한번 힐끔 나를 올려다보았다. 나는 외면한 채 코트를 챙겨들었다. 급하게 나서는 나를 향해 강 대리가 따라 나왔다.

"이 대리님! 잠깐만요! 저 이거요. 내일 시간이 될까요?"

강 대리가 건넨 것은 문화예술회관에서 공연할 어떤 연극 초대권이었다. 내가 뭐라고 말하기 전에 강 대리는 얼굴을 붉히며 사무실로 다시 들어가 버렸다. 가슴속에서 쿵하는 소리와 함께 화장실에서 남몰래 울음을 토하던 강 대리가 떠올랐다. 아니다, 강 대리는 남 몰래 울음을 토한 게 아니었다. 최 과장과 싸운 날 김 과장이 취하긴 했지만 조심스레 강 대리를 조심하라고 말했다. 그 말은 김 과장이 강 대리가 화장실에서 우는 사연을 알았다는 뜻과 같았다.

모든 남자에게 연민을 불러일으키고 우는 사연을 궁금하게 만드는 여자, 강 대리! 이 초대권의 의미는 무엇인가. 강 대리가 내게 데이트 신청을 한 것인가. 아니면 혹, 내가 감사팀에 익명의 투서를 한 사실을 알고 있다는 말인가? 나는 강 대리가 건넨 초대권을 안주머니에 넣고 툭 쳤다. 강 대리는 시골출신이며 나처럼 지방대를 나왔다. 아무리 발버둥쳐도 인사에서 늘 떨어지는 것은 지방대 출신이라는 꼬리표 때문이라고 잠시 생각한 적이 있었다. 강 대리도 마찬가지 였을 것이다. 더욱이 강 대리는 여자의 몸으로 어쩌면 더 어려운 처지에 있을지도 몰랐다. 나는 강 대리가 우는 것이 부장이나 최 과장 때문이라고 생각했다. 익명의 투서에 강 대리가 부서 내의 문제로 힘들어한다고 썼다. 그런데 오늘 내내 직원들이 김 과장 자리에 강 대리가 앉을 거라고 수근거렸을 때 가슴이 심하게 울렁거렸다. 부장도 전출을 갈 거라고 했다. 부장의 자리에는 최 과장의 승진이 유력하다고 했다. 나는 강 대리와 최 과장의 조합을 상상하면서 머리를 흔들었다. 김 과장은 어떻게 된 것이고, 나의 투서는 무슨 의미가 있었을까 혼란스러웠다. 나는 알 수 없는 질투심과 배신감에 몸이 떨렸다. 화장실에서 흐느끼던 강 대리의 울음소리가 인공향 재스민처럼 내 뺨에 달라붙었다.

막상 사무실 문을 나오니 사무실 안에서와는 달리 방향감각이 갑자기 사라져버린 것처럼 혼란스러웠다. 이슬비가 바람에 흩날리며 얼굴을 적셨다. 우울감이 나를 휘감았다. 이 큰 도시에 혼자 버려진 것만 같았다. 어둑한 도로에 네온사인이 깜박거리며 빛을 뿌렸다. 버스와 택시, 승용차, 트럭이 마구 섞여 빵빵거리며 어디론가 달음박질쳤다.

'어디로 저렇게 빠른 속도로 달려가는 것일까. 다들 목적지는 있는 것일까. 그런데 나는?'

택시 한 대가 눈치를 보는 것처럼 스르르 다가왔다. 나는 거의 반사적으로 손을 들었다. 택시기사에게 공용터미널 화장실로 가자고 말했다. 택시기사는 잘못 들은 것처럼 목청 끝을 약간 높여 재차 물었다.

"네? 어디라구요?"

뒤끝이 쨍하고 올라가는 말에 나는 퍼뜩 정신을 차리고 목적지를 고쳐 말했다.

"아! 네, 공용터미널에서 내려주십시오."

"화장실이 급하신 모양이죠? 허허."

택시기사는 억지 너털웃음을 지으며 백미러로 나를 흘깃 쳐다보았다. 그 눈초리에는 별 싱거운 녀석 다 보겠네 하는 조소가 묻어났다. 나는 등받이에 몸을 기대고 눈을 감았다. 의식의 저 밑바닥에서 '흡연 절대 금지 적발 시 처벌'이라는 문구와 함께 강 대리의 얼굴이 떠올랐다. 강 대리는 금지와 처벌 중 어느 쪽일까.

"흡연 절대 금지 적발 시 처벌?"

나는 혼잣말로 중얼거렸다. 택시기사가 예의 그 쨍하는 목소리로 물었다.

"손님, 담배 태우시게요?"

조용하던 숲에서 돌연 푸르륵, 꿩이 날아오르는 것처럼 뜻밖의 물음이었다. 나는 갑작스런 질문에 등받이에서 벌떡 몸을 떼었다. 그러자 갑자기 담배를 피우고 싶은 욕구가 세차게 일었다. 정말 담배가 마구 피우고 싶었다. 뻑뻑 피워서 차 안을 온통 담배연기로 채우고 싶었다. 호주머니를 뒤적거려 보았다. 담배가 있을 리 없었다. 두해 전부터 담배를 끊었었다. 건강에도 좋지 않으려니와 무엇보다 몸속으로 꾸역꾸역 스며드는 담배냄새가 싫어서였다. 뭐랄까 담배를 피우면 원치 않는 것에 점령당하는 기분이었다. 그것을 까맣게 잊고 담배를 찾고 있는 꼴이라니.

"손님, 담배가 떨어졌나 보죠. 자, 이것 태우세요. 환기시키면 되니까 괜찮습니다. 허허."

택시기사가 담배 한 개비를 내 쪽으로 건네며 벌겋게 달구어진 라디에이터를 뽑아주었다. 나는 망설임 없이 담배를 피워 물었다. 한 모금을 깊숙이 빨아 폐부 깊이 들이마셨다. 짜르르한 맛이 온몸을 전율케 했다. 잠깐 현기증이 일어 눈을 감았다가 떴다.

"허허 손님 무척이나 담배가 고팠나 봅니다."

택시기사는 운전은 않고 나만 훔쳐보고 있었던 것일까. 나의 일거수일투족이 그에게 포착당하고 있다는 사실이 불쾌했다. 회사 곳곳에 설치되어 있는 보안카메라 렌즈가 룸미러에 비친 택시기사의 눈과 겹쳤다. 나는 일부러 담배를 깊이 한 모금 들이켰다가 룸미러를 향해 힘껏 내뿜었다.

택시는 공용터미널 입구에서 멈췄다. 나는 주저 없이 맘껏 싸질러라 프로젝트가 있는 화장실 칸을 향해 걸었다. 입구에 도달하자 미세한 지린내가 코끝을 자극했다. 어지럼증이 일었다. 허둥거리듯 서너 명의 남자들이 바지를 추스르면서 화장실에서 걸어 나왔다. 나는 소변기 앞에 바지 지퍼를 내리고 섰다. 오줌이 마려운 것은 아니었다. 그냥 그렇게 서보고 싶었다. 화장실에 들어서기 전 그렇게도 역겹던 화장실 냄새는 더 이상 거슬리지 않았다. 마렵지 않던 소변이 조건반사처럼 찔찔거리며 새어 나왔다. 지퍼만 내리면 오줌이 나오는 것처럼, 일어나면 회사에 나가고, 때 되면 월급을 받기에 급급했던 것은 아니었을까. 나는 방울진 오줌을 탈탈거려 마무리 짓고 바지를 추어올렸다. 잠깐 주위를 둘러보았다. 주위에는 아무도 없었다. 나는 맘껏 싸질러라 프로젝트가 있는 화장실 칸 앞으로 갔다. 문구는 떨어졌는지 보이지 않았다. 화장실 문을 노크했다. 안에서는 아무 소리도 들리지 않았다. 보통 화장실에서의 노크는 거절을 가상한 노크다. 그러나 일반적인 노크는 승낙을 가상한 노크다. 나는 언젠가 화장실 안쪽에 앉아있다가 밖에서 누군가가 똑똑거릴 때 불현듯 '네, 들어오세요'라고 말하고 싶은 충동에 휩싸인 적이 있었다. 화장실 안에서 노크를 하고 들어온 그 사람과 얘기를 나누고 싶었다. 그것이 꿈이거나 꿈으로 남아버린 환상일지라도 툭 던져보고 싶었다. 그 사람이 강 대리였으면 했다. 그것이 엄연한 화장실 규범에 어긋난 비사회적인 행위일지라도, 화장실은 둘이 들어가 볼일을 보는 공유의 장소가 아니라 홀로 비밀스럽게 더럽고 추잡한 찌꺼기를 배설하는 장소라고 사람들이 생각하더라도, 발가벗은 원시의 부끄러움 때문에 남과는 공유할 수 없는 금지구역일지라도, 그래서 오히려 더 그렇게 해보고 싶었다.

  화장실 바닥에는 반라의 여자가 활짝 웃고 있는 스포츠 신문이 반은 젖은 채 깔려있었다. 그녀는 출연료가 억대에 이른다는 요즘 한창 잘 나가는 배우였다. 화려하게 화장한 그녀의 사진 위로 강 대리의 얼굴이 겹쳤다. 조그만 휴지통에는 덕지덕지 노란 배설물의 잔해가 붙은 휴지 나부랭이가 수북이 쌓여 넘쳐났다. 어지럼증이 다시 가볍게 일었다. 변기 안은 지저분한 바닥과 휴지통에 비해 말끔히 씻겨 있었다. 하얗게 번들거리는 변기 색깔이 꼭 강 대리의 얼굴빛과 닮았다는 생각이 들었다.

나는 엉덩이를 까 내리고 앉았다. 대변은 나오지 않았다. 조마거리는 마음으로 나의 흔적을 찾았다. 칸을 잘못 들어온 것일까. 벽에는 '신장 삽니다'라는 스티커가 붙어있을 뿐 어떤 흔적도 없었다. 내가 언제 그런 낙서를 남겼나 싶을 정도로 말끔한 상태였다. 갑자기 온몸의 힘이 쭉 빠졌다.

그때 옆 칸에 후다닥 바쁜 걸음으로 누군가가 들어오는 기척이 났다. 급하게 바지를 내리는 소리에 이어서 푸드득, 더부룩한 뱃속에서 발효가 덜 된 음식 찌꺼기가 적나라하게 배설되는 소리가 들렸다. 시큼하고 달착지근한 냄새가 칸을 타고 넘실넘실 넘어왔다. 끙! 다시 한번 힘을 주자 연이어 푸드득 소리가 울려 퍼졌다. 나는 코를 감싸 쥐다 말고 나도 모르게 말을 내뱉고 말았다.

"시원하시겠네요."

"……."

"그냥 이상하게 생각하지 말구요. 잠깐 얘기해도 괜찮을까요?"

"……."

"혹시 화장실에서 자위해본 적 있나요? 아니면 화장실에다 뭐랄까 음란낙서나 아니면 고민 같은 것을 써본 적은요?"

"……."

"지금 괜찮으신가요?"

"……."

옆 칸에서는 더 이상 힘을 주는 소리도 대변이 나오는 소리도 들리지 않더니 다급하게 문을 박차고 나가는 소리가 들렸다. 빠른 구둣발자국 소리가 뒤이어 들려왔다. 아마도 어떤 미친놈인가 싶었을 것이다. 느닷없이 화장실 옆 칸에서 말을 걸어오는 상황이라니, 그것도 자위를 해봤느냐, 괜찮으냐고 물었으니 황당할 만도 했다. 갑자기 웃음이 터져나왔다. 낄낄거리며 웃다가 다시 허허거리다가 큰 소리로 웃기 시작했다. 뱃가죽이 당겨 아파 올 때까지 눈물을 찔끔거리며 그렇게 한참을 웃었다. 웃음이 멈추자 나는 안주머니에 넣어두었던 강 대리가 준 초대권을 꺼냈다. 강 대리의 울음과 웃음이 뒤섞여 환청처럼 들려왔다. 어쩌면 강 대리는 일부러 나에게 울음소리를 흘렸을지도 몰랐다. 나는 강 대리가 최 과장이 아닌 나를 추종해주기를 바랬을 뿐이었다.

나는 천천히 초대권을 찢었다. 더 이상 찢을 수 없을 때까지 찢어 가랑이를 벌리고 변기 안에 넣었다. 그때 찔끔 오줌 한 방울이 나와 번들거리는 변기 안으로 똑 떨어졌다. 옷을 추슬러 입고 변기레버를 내렸다. 물이 세차게 쏟아지며 조각난 초대권 쪼가리를 휩쓸고 내려갔다. 나는 한참동안 쪼그린 채 변기에 앉아있었다. 내일 출근해서 제일 먼저 할 일이 떠올랐다. 강 대리를 화장실로 초대할 것이다. 할 수만 있다면 부장도, 최 과장도 다 초대할 것이다.

# 해설

## 욕망의 리듬과 윤리의 스텝

문신(문학평론가, 우석대 교수)

## 1. 당신의 자본주의는 안녕하십니까

　새로운 소설가의 탄생을 두고 까마득한 밤하늘에 새로운 별 하나가 반짝이기 시작했다고 말한다면 과장일까? 게오르크 루카치의 통찰을 믿는다면, 밤하늘의 별과 소설가를 하나로 바라보는 일이 아주 틀린 말은 아닐 것이다. 이야기가 있고, 그 이야기 속에서 인간의 삶이 풍요로웠던 시절, 우리는 얼마나 자주 밤하늘의 별을 올려다보았던가! 게다가 그 별을 헤아려 삶의 지표로 삼고, 그 별의 이야기를 상상해보던 우리의 가슴은 얼마나 서늘했던가! 그 별빛 아래 밤새워 소설을 읽던 날들이 까마득하게 여겨지는 지금, 새로운 소설가의 소설을 읽는다.
　김만성의 소설에 등장하는 문제적 개인은 대체로 남자다. 이 경우 남자는 생물학적 존재라기보다는 자본주의 세계에서 부유하는 욕망의 기호에 가깝다. 그런 까닭에 소설에서 남자들은 한순간 뜨거운 심장처럼 자기 삶을 분출해낸다. 이렇게 말하면 김만성의 소설이 남자들'의' 이야기처럼 들릴지 모르겠다. 하지만 정직하게 말하자면 김만성의 소설은 남자들'에 관한' 이야기로 읽힌다. 자본주의적 욕망으로 충만해 있는 남자들 이야기 말이다. 그러나 김만성의 소설은 여기에 한 겹의 서사를 덧붙여 놓고 있다. 그건 남자를 넘어서고 초과하고 초월한 세계, 다시 말해 남자의 욕망을 끊임없이 부추기는 자본주의적 세계에 관한 작가 개인의 경험적 통찰이

다. 그 통찰은 '남자에 관한'에서 '남자'를 괄호 안에 은폐해버리고 남은 세계이다. 그럴 때 '~에 관한'이 지시하는 세계는 남자가 소거된 공백의 세계다. 그러니까 김만성의 소설은 두 겹으로 읽어야 한다. 하나는 남자의 이야기로, 다른 하나는 남자가 빠진 이야기로. 이렇게 김만성의 소설을 읽는 이유는 그의 소설이 남자를 다루면서도 남자를 제외한 자본주의적 세계에 대해 들려주기 때문이다.

결국 문제는 세계이다. 우리가 살아가는 세계이자 소설이 다루고 있는 세계 말이다. 별이 반짝이려면 캄캄한 어둠의 세계가 필요하듯, 김만성의 소설에서도 남자를 존재하게 하는 자본주의라는 세계가 있다. 그의 소설에서 자본주의는 욕망을 충동질하는 심장 박동처럼 생생하게 살아있다. 소설 속 인물들은 자본주의의 심장에서 수혈한 피로 뜨거운 숨을 내쉰다. 그러나 알다시피 "자본시장은 흔히 탐욕과 공포가 공존하는 곳"(「청바지」, 108쪽)이다. 김만성의 소설은 그러한 자본주의의 탐욕과 공포를 우리 시대의 욕망으로 표출해낸다. 그리하여 그의 소설은 자본주의를 살아가는 우리의 욕망이 어떻게 이 세계에 탐욕과 욕망이라는 자기 발자국을 남기고 있는지 확인하게 해준다.

그리고 강렬한 골드 색상! 화이트나 블랙, 기껏해야 실버톤이 전부였던 국산차에 비해 눈부시게 아우라를 내뿜는 골드빛 광택은 한순간에 나를 사로잡았다. 내 안에서 뭔가가 꿈틀거렸다. 1등의 색깔,

귀족의 색깔, 부와 명예의 상징인 줄만 알았던 골드색이 내면으로 파고드니 다른 색으로 변했다. 폭발하는 느낌이었다. 응축되었던 것이 발산하고, 무한정 퍼져나갔다. 주위를 환하게 밝히고 싶었고, 다른 색의 가치를 높이고 싶었다. 골드색이 그렇게 나를 유혹했다.

질주하는 S자동차의 황금빛 세단이 TV광고에 자주 나왔다. 나는 광고를 볼 때마다 내 육체에서 영혼이 이탈하여 TV광고 속의 번쩍거리는 세단의 운전대를 잡고 있는 환상에 빠졌다. 내가 운전하는 차는 눈부신 광채를 발산하며 빠른 속도로 질주해 태양 속으로 사라졌다. 나는 무수한 빛 속으로 완전히 사라졌다. 그런 것이 광고의 힘이라면 나는 포로가 된 셈이었다. 나는 유혹을 이기지 못하고 구매를 결정했다. 2002년 월드컵이 시작된 7월에 내 인생의 첫 차인 골드 색상의 세단을 인도받았다. (「골드」, 17쪽)

인용한 부분은 김만성의 소설에서 작동하는 자본주의의 원리를 상징적으로 보여주는 장면이다. "골드색"으로 기호화된 자본주의는 끊임없이 "나를 유혹"한다. 그 유혹은 "눈부신 광채를 발산"하고, "나는 유혹을 이기지 못하고 구매를 결정"해버린다. 그럴 때 '골드'는 "1등의 색깔, 귀족의 색깔, 부와 명예의 상징"이면서 자본주의를 살아가는 한 개인의 욕망을 "폭발"하게 한다. 이렇게 정교하게 기획된 자본주의 시스템 안에서 개인의 자율의지는 힘을 발휘하기 어렵다. 자본주의는 욕망의 환상과 환각과 환희를 보여줌으로써 개인의 의지를 무력화해버린다. 그래서 모든 개인은 자본주의의 "포로"일 수밖에 없다.

　소설 「골드」에는 그러한 자본주의적 환상에 사로잡힌 남녀가 등장한다. '나'는 S그룹 계열사 직원으로, 치열한 경쟁 속에서도 "첫 승진 케이스에서 덜컥 대리"로 승진하고, 그로 인해 일명 '골드'로 불리는 자동차를 산다. "눈부신 아우라를 내뿜는 골드빛 광택"에 한순간에 사로잡힌 그는 그렇게 자본주의라는 환상의 세계에 발을 들여놓는다. 그런데 그곳에는 "소위 사내에서 퀸카로 소문난 8년차 가영 대리"가 있다. 이 소설에서 '가영 대리'는 인간 내면에 잠재해 있는 욕망의 파괴력을 누구보다 잘 아는 인물이고 나아가 그러한 욕망을 적절하게 이용할 줄 아는 인물이다. 그녀가 '나'에게 "믿을 만한 사람 명의로 통장을 하나 만"(22쪽)들라고 조언하는 일은 소설 속에서 자본주의가 어떻게 작동하고 있는지를 보여준다. 그러나 '나'는 선뜻 그 세계에 발을 들여놓을 수 없다. 가영 대리의 말에 따르면 '나'는 "사람이 꽉 막혔"(23쪽)기 때문이지만, 엄밀한 의미에서 보자면 '나'에게는 폭주하는 자본주의에 맞서는 개인의 윤리가 아직은 작동하고 있기 때문이다.

　그러나 「서킷브레이커」에서 '나'는 철저하게 자본주의화되어 있다. '나'에게 자본시장은 "24인치 모니터 4개가 깜박거"(36쪽)리는 "제로섬 게임의 잔혹한"(47쪽) 세계이다. 그곳에서 '나'는 시시각각

오르내리는 주가 그래프를 바라보며 "한 판 멋지게 살다 가면 그만인 것이 인생이지 않은가"(53쪽)라고 생각한다. 「골드」에서 가영 대리가 그랬던 것처럼, '나'는 "투자라는 달콤한 환상에 중독된 채로 불나방처럼 고요한 모니터의 세상"(54쪽)에서 "마지막 기회라는 생각에 심박동이 빨라"(37쪽)진다. 물론 '나'의 그러한 맹목을 경고하는 목소리가 없는 건 아니다. '나'에게 성공적인 투자원칙을 전수해준 스승은 "고요한 듯하지만 폭풍전야의 바다 같은 욕망의 각축장"에서 살아남는 방법을 이렇게 이야기한다. "첫째도 욕심, 둘째도 욕심, 마지막도 욕심이다. 욕심을 버리면 얻을 수 있지. 그게 처음이자 마지막 원칙이야."(45쪽) 그러나 알다시피, 자본주의라는 세계는 인간의 욕망을 충동질하고 그 욕망의 찌꺼기를 먹고 살아가는 괴물과 같다. 그런 세계에서 자기 욕망을 버릴 수 있는 인간이 많지 않다. 「서킷브레이커」는 그러한 인간의 욕망을 교묘하게 파고든다. 그리하여 "박 여사는 돈에 굶주린 사람을 자동으로 잉태하는 커다란 자궁과 같은 자본주의의 적자" 같은 인식을 통해 자본주의의 속성을 낱낱이 드러낸 후, 자본주의가 낳은 인간의 욕망이 어떻게 실현되는지를 드라마틱하게 형상화한다. 그럴 때 허위정보를 활용하여 주식시장을 교란하면서 그러한 행위를 "개인이 한 번쯤은 정보를 만들어내는 게 뭐 그리 나쁜가"(59쪽)라고 묻는 '나'와 그런 행위를 '사기'가 아니라 '스킬'이라는 말로 정당화하는 '나'는 분명 자본주의의 적자임에 틀림없다. 이런 과정을 통해 김만성은 인간의 욕망은 규칙이라는 고삐로 통제할 수 없는 변종이라는 사실을 적나라하게 드러낸다.

## 2. 우리에게 윤리가 있었던 시절도 있었다

　자본주의 세계에서 개인의 욕망을 제어할 수 있는 건 두 가지다. 법이나 규칙처럼 외부의 힘을 작동시키는 경우가 대부분이고, 가끔 개인 내면의 윤리에 기대어 폭발하는 욕망을 적절하게 제어하기도 한다. 앞의 경우가 강제성을 띤 방법이라면, 드물지만 윤리에 기대는 건 인간의 선한 자율의지를 믿는 방식이다. 물론 현실 세계에서는 법이나 규칙을 동원하여 인간 욕망의 무한 증식을 강제로 억제하는 방법이 일반적이다. 그러나 이 방법은 「서킷브레이커」의 경우처럼 종종 변종적인 욕망을 잉태하기도 한다. 그건 한 개인의 윤리 감각보다 자본주의 세계가 보여주는 환상과 유혹의 힘이 훨씬 매력적이기 때문이다. 그러나 소설은 견고하게 보이는 세계를 향해 분투하는 문제적 개인의 도전을 다루는 장르다. 소설에서 문제적 개인은 강력한 힘과 부딪치고 상처 입고 좌절하다가 각성하기도 한다. 세계의 힘이 완강할수록 분투하는 개인은 아름답게 보인다. 물론 소설 속 인물이 세계와 전면적으로 투쟁하기만 하는 건 아니다. 「골드」에서 '가영 대리'나 「서킷브레이커」에서의 '나'는 자본주의라는 세계와 우호적인 관계를 형성하고, 스스로 자본주의라는 강력한 세계가 되고자 한다. 그래서 우리는 세계에 도전하는 인물을 예외적이라고 하는지도 모른다.

김만성의 소설은 그러한 예외적 인물이 세계와 맞서는 순간을 선택적으로 부조(浮彫)하는 일에 특별한 감각을 발휘한다. 세계와 마주한 개인에게 주어진 건 세계와 부딪칠 것인가, 세계에 흡수될 것인가의 선택지다. 그 선택의 순간에 작동하는 내적 메커니즘은 윤리다. 윤리는 어떻게 살 것인가라는 자기 욕망을 반영하고, 그러한 삶의 목표가 세계와 어떤 거리감각을 발생시키는지 측정하게 한다. 「골드」에서 '나'가 '가영 대리'의 횡령사실을 폭로하는 일이나, 「서킷브레이커」에서 '나'가 스승의 경고에도 불구하고 서킷브레이커를 발동시켜 자기 욕망을 실현하는 것은 바로 그러한 윤리적 선택의 결과다. 그럴 때 개인의 선택을 공동체의 윤리로 재단하는 건 무의미하다. 개인의 윤리는 주체가 지향하는 삶의 방향성과 무관하지 않고, 공동체의 윤리는 때로 개인의 윤리를 충분히 보장해주지 못하기 때문이다.

「보스를 아십니까」는 이렇게 개인의 윤리가 자본주의 세계와 첨예하게 충돌하는 현장을 이야기한다. 51년째 구둣방을 운영 중인 '나'는 신문에 "이색 후계자 공개 모집 - 50년 구두닦이, 외길로 번 돈 40억 원 어떻게 쓸 것인지 면접!"(70쪽) 광고를 낸다.

그동안 스물다섯 명이 면접을 치렀다. 연령층도 다양했다. 40억 원의 잔고가 찍힌 통장을 내걸고 구둣방의 후계자를 구한다는 광고를 신문에 낸 지 한 달이 지났다. 처음에는 장난전화가 걸려오다가 신문에 기사가 나가자 면접자가 몰려들었다.

후계자 면접과는 별개로 40억 원을 어떻게 벌었냐며 비결을 묻는 이도 많았다. 지원자 중에서는 40억 원으로 빌딩임대업을 해서 자산을 늘리겠다는 치들이 다수였다. 구둣방에서 구두를 직접 닦는다는 한 사내는 동종업계의 경험이 중요하지 않겠느냐며 자기를 후계자로 뽑아달라고 말했다. 그 사이 내 호칭은 고 씨나 아저씨에서 사장님으로 바뀌더니 어느 사이엔가 회장으로 승격이 돼 있었다. 회장님으로 초고속 승진을 했지만 그만큼 씁쓸했다.(「보스를 아십니까」, 69쪽)

신문광고는 "구둣방의 후계자를 구"하는 일이지만, 광고를 접한 사람들의 시선에 신문광고는 "40억 원의 잔고가 찍힌 통장"의 변형된 모습으로 비친다. 그 첫 번째 증거는 "40억 원으로" "자산을 늘리겠다"라고 줄을 선 면접자들의 욕망에서 확인된다. 자본으로 자본을 증식하겠다는 욕망은 자본주의 세계에서 당연한 일이다. 따라서 그건 큰 문제가 되지 않는다. 문제는 신문광고와 40억 원이 동일시되는 두 번째 증거다. 고 씨에서 사장님으로, 또다시 회장님으로 '나'의 위상이 달라지는 일은 인간 내면에 꿈틀거리는 욕망의 실체를 확인하게 해준다. 그래서 "그만큼 쓸쓸"한 일이다. 쓸쓸함의 이유는 뻔하다. 돈이 인간 행세를 하고 있다는 것. 김만성의 소설은 자본주의 세계에서 살아가는 인간의 욕망을 밀도 있게 다루면서 욕망에 사로잡혀 있는 인간의 내면을 통해 인간의 윤리가 한 줌의 재에 불과한 사실을 압도적으로 각인시킨다. 그러므로 '나'는 후계자를 찾지 못해도 상관없다. 대신 '나'는 자문한다. 도대체 "돈 말고 물려줄 것이 나에게 있을까". 이 지점에서 '나'는 자기에게 구두 닦는 방법을 전수해주고, 구둣방까지 물려주었던 '보스'를 떠올린다. 보스는 '나'와 다른 방식으로 구둣방의 후계자를 구했다. '나'가 40억 원을 내걸었던 반면, 보스는 어떤 조건도 없이 어느 날 홀연히 사라짐으로써 구둣방의 후계자를 만들어냈다. 이러한 대비는 오래전, 보스와 '나'의 대화에서 확인된다. 구둣방 안에서 보스와 단둘이 배달음식을 시켜 먹는 대목에서 삶을 대하는 두 사람의 윤리가 충돌한다. "지는 배 부르는 기 좋심더"라는 '나'의 말에 보스는 이렇게 충고한다. "인마야. 배 부르는 기는 암 것도 아닌 기라. 구두닦이가 마 광에 살고 광에 죽겠다는 맴이 없으면 이 짓 마 절대 못한다. 니는 마 고만 처먹고 광에 대해서 다시 생각하그라"(74쪽) 소설은 후계자 면접을 보러 온 사람의 구두를 말없이 닦아주는 '나'를 보여줌으로써 자연스럽게 보스에게서 물려받은 '광'의 윤리를 드러낸다. '나'는 보스가 말했던 것처럼 '광'을 알아보는 사람을 찾으려는 것이다. 이런 에피소드를 통해 소설은 40억 원이라는 자본주의 세계의 욕망이 아닌 '광'을 알아보는 인간적 윤리에 다가가고자 한다.

　욕망과 윤리가 충돌하는 모습은 「NLL」에서도 확인된다. 이 소설에 등장하는 '리해방 선장'은 "으뜸어선으로 선정되면 받게 될 영웅호칭에 더 욕심을 내"(151쪽)는 인물이다. 그는 꽃게잡이철이 되었음에도 어선출입항관리소에서 출항허가를 계속해서 미루는 게 못마땅하다. 반면 "블루패션 사장" '김수복'은 "개성공업지구에서 최고로 북남협력의 모범적인 회사를 만들겠다고 주먹을 쥐어 보이"(156쪽)는 사람이다. 이들 사이에는 리해방 선장의 아내이자 블루패션에서 일하고 있는 '림순영'이 있다. 소설은 이들이 경색된 남북관계 속에서 자본화된 세계를 돌파해가는 각자의 방식을 선명한 대비를 통해 보여준다.

　리 선장은 서서히 해방호의 속도를 줄이면서 그물이 천천히 바다 속으로 펼쳐지게 했다. 그물이 슬슬 흘러내리는 것을 보면서 리 선장은 그저 퍼덕이는 꽃게가 낭창낭창 그물에 걸려 올라오는 것만을 상상했다. 위대한 장군님의 공훈패와 으뜸어선으로 뽑혀 영웅으로 환대받는 모습을 그렸다. 그때였다. 무선에서 예기치 않는 주파수가 잡히면서 경고음이 흘러나왔다. (174쪽)
　수화기 너머에서 무어라 하는 소리가 들리는 것도 같았지만 수복은 애써 외면한 채 그렇게 전화를 끊었다. 밖에서 문을 두드리는 소리가 연이어 들렸다. 아버지가 떠올랐다. 민족이 하나 되는 쪽에 서라던 아버지의 권고가 무슨 뜻이었는지 어렴풋이 알 것도 같았다. 참 았던 눈물이 가슴 밑바닥에서부터 차고 오르더니 주체할 수 없이 흘러나왔다.(173쪽)

위에 인용한 부분은 NLL 남측 구역을 침범한 리해방 선장의 배가 남측 경비정의 경고를 받는 장면이다. 그러나 리해방 선장에게 그런 경고는 "위대한 장군님의 공훈패와 으뜸어선으로 뽑"히는 것을 방해하지 못한다. 결국 포성이 울리고 리해방 선장의 배가 피격된다. 그 와중에도 리해방 선장이 바라보는 건 찢어진 그물코 가득 "통통하게 살이 오른 꽃게가 걸려 대롱거리"는 모습이다. 자기 욕망에 사로잡혀 끝내는 "리 선장의 몸뚱이가 몇 마리 꽃게와 함께 하늘로 솟구"치고 만다. 리해방 선장을 통해 김만성은 자본주의적 욕망이 개인을 어떻게 존재론적으로 파멸시키는지를 설득해낸다.

수화기 너머에서 전해지는 우려의 목소리를 차단하기는 김수복 사장도 마찬가지다. 남북관계가 여의치 않게 되면서 개성공단 출입이 불가능해지자 김수복 사장은 중국을 통해 개성공단으로 들어간다. 그리고 그곳에서 "정치적 이슈와는 무관하게 (…중략…) 모든 통상과 무역, 아울러 남측 노동자의 안전과 북측 노동자의 노동권을 보장"(173쪽)하라고 촉구한다. 김수복 사장이 당국의 경고에도 불구하고 개성공단으로 들어간 것은 "정치적 이해관계에 따라 이처럼 바닥부터 쌓아올린 신뢰를 한순간에 이리 내팽개칠 수는 없"(172쪽)

었기 때문이다. 그 이면에는 "민족이 하나 되는 쪽에 서라던 아버지의 권고"가 있다. 그럴 때 김수복 사장에게 개성공단은 자본주의적 세계를 견고하게 하는 욕망의 거점이라기보다는 개인적 윤리를 민족적 윤리로 확장하는 장소가 된다.

## 3. 흔들리는 존재의 스텝이 삶의 리듬을 만든다

이렇게 자본주의 세계는 개인의 욕망과 윤리가 충돌하는 세계다. 김만성 소설의 인물들은 언제나 그 충돌의 한복판에 서 있다. 그래서 그들은 흔들린다. 흔들리면서 조금씩 자기 삶의 리듬을 만들어 간다. 때로는 자본주의의 심장부에서 자기 욕망의 크기를 가늠해보기도 하고, 가끔은 그런 자기를 메타적으로 인식하면서 희미한 삶의 윤리를 더듬어보기도 한다. 이렇게 입체적이고 복합적인 내면이야말로 인간을 살아가게 하는 유일한 스텝이 아닐까? "권투는 힘으로만 하는 운동이 아니야. 스텝이 중요하지. 상대방의 힘을 이용할 줄도 알아야 해"(「물어라 쉭」, 130쪽)라고 말할 때, '상대방의 힘을 이용할 줄' 아는 스텝을 인생이라고 말해도 좋을 것이다.

「물어라 쉭」은 독특한 스텝으로 인생을 살아가는 '형'에 관한 이야기다. "형은 일단 행동하는 사람"(142쪽)이었고, "불같이 화를 내다가도 웃을 일이 생기면 잇몸을 다 드러내고 활짝 웃"(142쪽)는 사람이었다. 어려서부터 형은 자기만의 스텝으로 세상과 싸우는 '쌈짱'이었고, 그것으로는 부족했는지 "집에서 키우던 셰퍼드를 킹"이라고 부르면서 세상을 향해 날카로운 이빨을 드러내는 존재였다. 반면에 '나'는 계속해서 승진에 실패하는 인물이면서 연구소의 일을 도맡아하는 '호구'다.

"사실, 많이 섭섭합니다. 또 다음이라뇨. 제가 이 연구소에는 호구입니까? 며칠 쉬면서 생각을 좀 해야겠습니다."
나는 애써 담담하게 말하려 했지만 자꾸 뜨거운 기운이 명치끝에서 솟구쳐 올라와 목소리가 높아졌다. 소장이 일순 당황한 듯 헛기침을 했다. 소장의 얼굴이 붉어졌다. 형을 찾아보라는 어머니의 전화를 받았지만 처음부터 휴가를 낼 작정은 아니었다. 주말에 형의 행적을 찾아도 충분했다. 하지만 한번 우습게 보이면 영원히 만만하게 본다는 아버지의 말이 소장의 붉어진 얼굴을 보면서 떠올랐다. 어쩌면 만년 대리 꼬리표를 떼지 못한 것은 아내의 말처럼 내가 소장에게 살갑게 굴지 못해서가 아니라 내 목소리를 분명하게 내지 못해서인 것 같았다. 나는 모바일로 휴가원을 내겠다고 말하고 급히 연구소장의 앞을 벗어났다. (137쪽)

"내가 만년 대리 꼬리표를 떼지 못"하고 호구 취급을 받는 이유는 간단하다. "한번 우습게 보이면 영원히 만만하게 본다는 아버지의 말"처럼 "내 목소리를 분명하게 내지 못해서"이다. 그러므로 「물어라 쉭」에서 내가 사라져버린 형을 찾아 나서기로 한 것은 그동안 억눌려 있다가 "명치끝에서 솟구쳐 올라"오는 내면의 목소리에 좀 더 진실해지기 위해서다. 이렇게 '나'가 내면의 목소리를 발견할 수 있었던 건 "제가 이 연구소에는 호구입니까?"라는 존재론적 질문이 있었기 때문이다. 자기 존재에 대한 물음을 통해 '나'는 비로소 내면이라는 본질을 들여다볼 수 있게 된 것이다.

자기 물음을 통해 '나'의 진심을 알아가는 일이 존재의 내적 스텝이라고 한다면, 형의 행적을 찾아가는 과정에서 "저돌적으로 달려들"고, "한번 물면 끝까지 놓지 않"는 킹처럼 살고 싶었던 형을 떠올리는 건 존재의 외적 스텝에 해당한다. 「물어라 쉭」은 '나'가 존재의 내적 스텝을 외적 스텝으로 전환해가는 과정을 그린다. 그리하여 형의 스텝을 '나'의 삶과 포개어 놓음으로써 형이 "가끔 나에게도 킹처럼 살라고 주문했"(148쪽)던 이유에 도달하게 된다. 그 결과 "물어라 쉭!" 하고 "단호한 음성으로 절도 있게 명령을 내"리는 발화를 통해 킹처럼, 아니 킹으로 살고자 했던 형의 스텝을 '나'의 삶에 일치시키게 된다. 결국 '나'는 일명 '호구'에서 한번 물면 놓지 않는 '킹'으로 존재론적 전환을 이루어낸 것이다.

「화장실에서 나를 보다」도 존재의 흔들림 속에서 자기 정체성을 발견해가는 이야기다. 이 소설에서 '나'는 화장실 좌변기에 앉아있는 "나만의 시간 십 분! 문득 내면에서 나를 향한 질문"을 던진다.

질문의 핵심은 "#그런데 나는?"(186쪽)이라는 존재론적 의문이다. 그렇다면 '나'가 자기 존재를 확인하려는 이유는 뭘까? 그건 이 소설의 구조를 통해 확인할 수 있다. 이 소설에서 '나'는 강 대리, 최 과장, 김 과장 등과 자본주의라는 세계를 공유한다. 그러나 한편으로 '나'는 그들과 다른 세계를 감추고 있다. 그 세계는 인간의 내밀하고 은밀한 욕망을 배출하는 화장실이다. 그 화장실에서 '나'는 오로지 '나' 자신에게 충실할 수 있다.

그러나 이 소설에서 눈여겨볼 것은 강 대리를 비롯한 회사 사람들의 상징성이다. 결론부터 말하자면, 그들은 '나'의 내면에 은폐된 욕망을 대리하는 존재다. 강 대리를 "나와 같은 지방출신"(180쪽)으로 설정한 것은 강 대리를 통해 '나'의 욕망을 상징적으로 보여주려는 전략이다(강 대리는 「골드」의 '가영 대리'와 정확하게 그 역할이 일치한다. 그리고 「골드」에서 가영 대리는 '나'의 욕망을 객관적으로 보여주는 내적 분신으로 기능한다). 최 과장과 김 과장도 마찬가지다. 조직 내에서 승진을 둘러싼 그들의 경쟁구도는 자본주의 세계를 살아가는 개인의 은폐된 욕망을 사물적으로 재현해낸다. "내가 자신의 가까운 추종자"(189쪽)이기를 원하는 김 과장이나, "직장 내에서는 누구나 추종하고 싶은 롤 모델"(190쪽)인 최 과장의 존재는 '나'의 내부에서 갈등하고 있는 욕망의 서로 다른 표정이다. 그러니 어느 쪽도 선택할 수 없다. 선택할 수 없으면 그 선택의 순간에서 이탈하는 게 최선이다. 결국 "감사팀에 익명의 투서"(195쪽)를 함으로써 '나'는 자본주의 세계가 부추기는 욕망에서 해방되고자 한다. 그리하여 최종적으로 '#그런데 나는?'이 제기했던 자기 존재 물음에 이렇게 대답한다. "욕망을 비운 나의 심벌이 몇 번 끄덕거리더니 이내 사그라졌다"(193쪽)라고. 그러나 '나'의 욕망이 해소되는 것만으로는 충분하지 않다. 좀 더 근본적인 지점, 즉 '나'의 내적 세계를 재현하는 강 대리, 최 과장 등의 욕망도 해소되어야 진정한 의미의 해방인 "맘껏 싸질러라 프로젝트"(182쪽)를 성공시킬 수 있다. 이 마지막 작업을 위해 '나'는 다시 화장실로 간다. 그리고 그곳에서 강 대리가 건넸던 '연극 초대권'을 조각조각 찢어버린다. 그 행위는 그동안의 삶이 자본주의 세계에서 벌어졌던 한 편의 연극이었던 것을 깨닫고, 더는 그러한 연극에 참여하지 않겠다는 각오가 될 것이다. 소설은 강 대리를 비롯하여 부장과 최 과장 모두를 화장실로 초대하겠다고 생각하면서 마무리된다.

이렇게 「화장실에서 나를 보다」는 '나'와 '나'의 외부 세계를 이중으로 설정한 후, 외부 세계야말로 '나'가 감추고 있는 은밀한 내면이라는 사실을 강조한다. 이러한 구성방식은 김만성 소설에서 발견되는 특징적인 미학이다. 그의 소설은 '나'라는 화자의 존재론적 정체성에 대한 고민을 심도 있게 포착해내는데, 그때 은폐되어 있던 '나'의 내면이 폭로되는 방식은 '나'를 소외시킨 자본주의 세계를 통해서다. 부연하자면, 자본주의 세계의 욕망과 개인적 윤리 사이에서 고뇌하는 '나'의 존재론적 질문이 '나'의 외부 세계 ― 가영 대리나 강 대리처럼 '나'의 욕망을 대리하면서 자본주의 세계와 밀착해 있는 인물들—를 통해 해명된다는 것이다.

지금까지 살펴본 것처럼, 김만성의 소설집 「보스를 아십니까」는 자본주의라는 우리 시대의 음화(陰畫)를 폭로하면서 흔들리는 예외적 개인에게 윤리적 방향성을 제공하는 서사를 견고하게 구축해냈다. 그리고 이야기의 밀도나 자본주의적 세계 인식, 인물의 내적 고뇌를 재현하는 방식에서 보여준 작가의 역량은 우리 시대의 서사적 미덕이 되기에 부족함이 없다. 자본주의 세계에 피랍된 문제적 개인을 발견해내는 통찰과 그런 개인의 내밀한 욕망을 윤리적 저울추로 가늠해낼 줄 아는 작가의 미의식도 믿음직스럽다. 이만하면 첫 소설집의 성취가 꽤 단단하다고 할 것이다. 그러니 계속해서 자기만의 이야기를 저 깊고 아득한 창공 가득 펼쳐놓기를 기대하고 또 응원한다.